談學習　憶名師

何文匯　著

商務印書館

談學習　憶名師

作　　者：何文匯

責任編輯：吳一帆

封面設計：涂　慧

出　　版：商務印書館 (香港) 有限公司
　　　　　香港筲箕灣耀興道 3 號東滙廣場 8 樓
　　　　　http://www.commercialpress.com.hk

發　　行：香港聯合書刊物流有限公司
　　　　　香港新界大埔汀麗路 36 號中華商務印刷大廈 3 字樓

印　　刷：中華商務彩色印刷有限公司
　　　　　香港新界大埔汀麗路 36 號中華商務印刷大廈 14 字樓

版　　次：2017 年 7 月第 1 版第 1 次印刷
　　　　　© 2017 商務印書館 (香港) 有限公司
　　　　　ISBN 978 962 07 5745 7
　　　　　Printed in Hong Kong

序 一個訪問結的書緣

第一次聽到何文匯教授的大名，是八十年代初看香港電台《百載鑪峰》的時候，風華正茂的他主持這個深入介紹香港本土歷史的系列節目，吐屬不凡，儀表出眾，令我留下深刻印象。

當年他在香港中文大學中文系任講師，我曾經兩次申請該系，可惜無緣做他的門生，幸好能考進香港大學中文系，做了他的師弟，比他晚很多輩。1986 年我停學一年擔任學生會副會長時，在舊刊物發現何教授是 1968 年港大學生會出版秘書，主編過學生會刊物，讓我更添幾分親切與敬意。60 年代的港大是貴族學府，能考進去的都是精英中的精英，與他同期的精彩人物，今天在各個領域仍然發揮重大影響力。

90 年代我在香港中文大學唸碩士時，何教授是教務長，我的畢業證書有他的簽署。可惜當年我只是兼讀生，上課來去匆匆，沒有機會向這位大師兄請益。直至 21 世紀初，我才在一個港大活動正式認識他，有一見如故之感。2012 年，港大學生會慶祝 100 周年，我有機會簡短訪問他分享當年的回憶，特別是他與學生會經理呂君發先生的友誼；發叔翌年獲港大名譽大學院士，他也親自道賀。

2013 年我離開任職 21 年的《信報》，創辦灼見名家傳媒，得到很多朋友的大力支持。2014 年 10 月網站啟動後，我陸續邀請教育

界的專家做專訪，其中一位是何文匯教授。那天在位於灣仔的香港大學畢業同學會會址訪問，外面下着不小的雨，窗邊的雨珠讓拍出來的圖片有一種淒美感。近三小時的訪談我們談中文、英文的學習，也談到何教授跟隨過的名師，內容非常豐富。由於當日負責記錄的同事後來離職了，訪問內容遲遲沒有寫出來，直至一位港大中文系師妹接手，文章終於一篇一篇整理好，何教授花了不少時間逐一潤飾、修訂；至於回憶四位名師的大作，完全出自他的手筆。

訪問刊登後，反應出乎意料的好，而且是一篇比一篇好。談中文學習那篇，他強調須要背誦文學名篇，批評教育當局取消中學文憑試的範文，使中文變成死亡之卷，學生竟對母語望而生畏，在全世界很難找到第二個例子。何教授學貫中西，在英國攻讀博士，在美國名牌大學任教，英文造詣不容置疑。他對英文學習的心得，來自在中學時期的扎實基礎，下了很多苦功，所以他反對一味愉快學習。三篇文章刊登後，無論 Facebook 瀏覽量及網站的點擊都非常高，每篇有數千至過萬的分享，連台灣的著名雜誌網站都要求轉載，引起熱烈的討論。四篇回憶名師的自述，溫暖感人，令人羨慕他一生可以遇到那麼多道德、學問、詩文俱佳的大家。

何教授才情並茂，著作等身，這本新作由一次訪問演化出來，算是我們一段難得的文化情緣。

文灼非

灼見名家傳媒社長

2017 年 7 月

前言

　　是書之成，端賴《灼見名家》文灼非兄督導於前，商務印書館毛永波兄督導於後。扶持義重，能無述乎？

　　事緣灼非兄於 2015 年某月日偕編輯與余談治學之道。2016 年 5 月 2 日，《灼見名家》網址乃刊登當日訪談之第一篇文章，題為〈學好英文，首重語音語法〉。又於 5 月 21 日刊登第二篇文章，題為〈學好中文，背誦有益〉。余當日亦談及「愉快學習」之義，因所言不多，兄乃命余書以足之，成第三篇文章，於 6 月 16 日刊登，題為〈一味愉快學習，孩子可能輸不起〉。三文俱由時任編輯何敏盈女士錫名。兄又嘆師道不彰於現世，遂命余為文追憶名師，用感時俗。余退而成四文：憶陳湛銓教授文於同年 8 月 6 日刊登，憶羅忼烈教授文於 8 月 7 日刊登，憶劉殿爵教授文於 8 月 13 日刊登，憶周策縱教授文於 8 月 14 日刊登。四文亦由時任編輯何敏盈女士錫名，皆得文旨。

　　永波兄於網上見此四文而悅之，謂當付梓人。然以訪談文章首重趣味，未能兼顧學術，宜見於雜誌而不宜見於專書，乃促余改寫成說明文，務要文質兼備，方合行而久遠。余乃參考《灼見名家》第一篇訪談文章，並取用拙著《粵音教學紀事》及《廣粵讀》書中材料，成〈學好英文〉一文。又參考第二篇訪談文章，並抄錄及改寫拙作學報

論文兩篇,成〈學好中文〉一文。又修飾第三篇訪談文章,成〈愉快學習〉一文。兄旋以字數未足,命增一篇。余因思新高中範文以《論語》居首,而《論語》確吾華寶書,遂以〈學好《論語》〉為題,成第四篇。至此文章八篇,分置兩部:首四篇置第一部,曰「談學習」;次四篇置第二部,曰「憶名師」。因自名是書曰《談學習 憶名師》。微灼非兄吾不能成諸文,微永波兄吾不能成是書。二兄者,達人者也。

書稿既成,復得香港樹仁大學畢宛嬰女士及是書責任編輯相與斟酌文字,欲辭達而言有文;更蒙灼非兄序以仁言,許我以小成,勸我以無逸。感銘斯切,難以言宣。筆耕雖苦,然成書見志,若得同聲相應,益我以多聞,即樹而有穫,此余之大幸也。

何文匯
2017 年 7 月

目　錄

第一部
談學習

學好英文
準確發音，增強信心

　　這篇文章的目標讀者是以粵語為母語而以英語為第二或第三語言的香港華人。

英語發音

　　英語是目前最有用的國際語言，也不算難學。不過，英語跟一般歐洲語言不同，一個英文字的拼字（spelling）往往不能盡顯那個字每一個音節的音值（phonetic value）。翻開字典，審視那個字後面國際音標（International Phonetic Alphabet，簡稱 IPA）符號（symbols）的連綴和重音符號的位置，才能明確知道該英文字的音值。如果英語是我們的母語，我們學英語不用太理會國際音標；如果英語是我們要學的外語，我們最好依靠國際音標學習。

　　近百年來，香港政府用在英語教學上的金錢不可謂不多，但是一般香港人連最基本的 26 個英文字母都沒能全讀得正確。我們的英語教學法有多少成效，可以想見了。以下是一般英語非其母語的香港華人常讀錯的幾個英文字母：

英文字母	錯誤讀音	英式英語標準音（received pronunciation）讀音
e	/ jiː /	/ iː /
h	/ ɪktʃ /	/ eɪʃ /
r	/ ɑːrl /	/ aː(r) /
w	/ ˈdʌbɪ juː /	/ ˈdʌb(ə)l juː /
x	/ ɪks /	/ eks /
z	/ jɪˈzed /	/ zed /

　　一般英語非其母語的香港華人不明白英語長短音、輕重音的道理，他們的英語發音就像粵語發音一樣，不分舌尖前後音，不分長短音，不發尾音，九聲俱備。究其原因，就在老師教英語不從根柢做起。教英語的根柢是甚麼呢？跟教其他外語一樣──拼音。我們要糾正母語發音的錯誤，尚且要借助拼音符號，更何況學習外語？香港的中、小學過去多數奉行教育當局提倡的傳意學習法（the communicative approach；較嚴謹的叫法是「溝通式語言教學法」〔communicative language teaching〕），但求多「講」，而不重視學外語必要的結構學習法（the structural approach），即學拼音、學發音、學語法、學文句結構。香港是華人社會，缺乏講英語的環境，一般人哪有機會多「講」英語呢？香港學生課餘看電視也多只看粵語節目、粵語配音節目和有中文字幕的英語、日語、韓語等節目，他們對聽英語沒興趣，更遑論講英語了。縱使學生有機會多講英語，但他們連拼音和語法的基本法則也不懂，講的和「洋涇浜」英語有甚麼分別呢？「洋涇浜」英語又何須用納稅人的錢到

學校去學呢？

　　我們學每一種語言都應該學習準確地發音，並且學習從字典中找出該語言每一個字的正確讀音。我們不論講哪種語言，如果發音準確，溝通就容易，那樣我們對該語言才會產生親切感而不是疏離感。這是學好語言的第一步。然後我們學好語法，多聽、多講、多讀、多寫，就熟能生巧了。所以想學好英語，就要從拼音入手。

　　我指的拼音，並不只是英文字母的拼字，而更重要是國際音標的拼音。上文說過，英語和一般歐洲語言不同，僅看拼字，未必能猜得到正確讀音。舉例說，讀出 **Graham**（/ˈɡreɪəm/）時 **h** 不發音，讀出 **Keswick**（/ˈkezɪk/）時 **w** 不發音，讀出 **viscount**（/ˈvaɪkaʊnt/）時 **s** 不發音，讀出 **debt**（/det/）時 **b** 不發音，讀出 **isthmus**（/ˈɪsməs/）時 **th** 一般不發音；而 **Thames**（/temz/）、**quay**（/kiː/）和 **indict**（ɪnˈdaɪt/）等詞的字母拼綴和真實讀音差異更大。所以，拼音符號才是開啟英語之門的鑰匙。

　　我一向認為，我們南方人如果可以選擇的話，應該優先考慮選擇英式英語來學。除了因為英式英語發音沒有美式英語發音那麼「重濁」外，更因為英式英語有一套為人接收和接受的標準音（received pronunciation，簡稱 RP），而美式英語並沒有明確的標準音。是以，英式英語因有標準音而較容易掌握，而且英式英語標準音發音較輕清，從發音習慣而言，較適合南方人學習。

單字讀音

英式英語標準音有一個「含糊元音」(indeterminate vowel sound)，或稱「含糊音」(indeterminate sound)，/ ə / (「ə」這個符號叫做「schwa」)，是英式英語常常出現的短輕元音，例如：

ago	/ ə'gəʊ /
certificate	/ sə'tɪfɪkət /
China	/ 'tʃaɪnə /
common	/ 'kɒmən /
company	/ 'kʌmpənɪ /
mother	/ 'mʌðə(r) /
oblige	/ ə'blaɪdʒ /
Oxford	/ 'ɒksfəd /
police	/ pə'li:s /
success	/ sək'ses /

以上十個英文字都含有 / ə / 音素，而這個音素只存在於輕音節中。

香港人說英語往往發不出這個 / ə / 短輕音，以至說起英語來不太像說英語。以下三個英文字：

marry	/ 'mærɪ /
merry	/ 'merɪ /
Mary	/ 'meərɪ /

一般香港人是沒辦法（可能也沒耐性）分辨它們的讀音的，都只

讀成 / mɛ（陰平）ri（陽平）/。其實那三個字在讀音上的分別在於 **marry** 的第一個音節元音較洪，**merry** 的第一個音節元音較細，而 **Mary** 則在第一個音節後滑出含糊音 / ə /。

／ r ／前的 / eə /、/ ɪə /、/ ʊə / 在發音時，/ ə / 元音容易被漏掉，初學者應該留意，例如：

Aaron	/ ˈeərən /
fairy	/ ˈfeərɪ /
deteriorate	/ dɪˈtɪərɪəˌreɪt /
weary	/ ˈwɪərɪ /
Europe	/ ˈjʊərəup /
tourism	/ ˈtʊərɪz(ə)m /

類似上述那些看似微細的發音差異，讀英文字時常常遇到。這裏可以舉兩組實例：

第一組實例是 **come**（/ kʌm /）讀音的影響。因為英語的 / ʌm / 和粵音 / ɐm / 非常相似，易於模仿，所以一般香港人看見英文字的 **com** 或 **come** 音節，就很自然地讀 / kʌm /。但實際上這兩個音節並不一定讀 / kʌm /。以下的例字顯示了它們的三個不同讀法：

comely	/ ˈkʌmlɪ /
comfort	/ ˈkʌmfət /
company	/ ˈkʌmpənɪ /
compass	/ ˈkʌmpəs /
comical	/ ˈkɒmɪk(ə)l /

commerce	/ ˈkɒmɜːs /
common	/ ˈkɒmən /
complimentary	/ ˌkɒmplɪˈmentərɪ /
command	/ kəˈmɑːnd /
compose	/ kəmˈpəʊz /
telecommunication	/ ˌtelɪkəmjuːnɪˈkeɪʃ(ə)n /
welcome	/ ˈwelkəm /

首兩組英文字的 com 和 come 作重音讀，第三組的 com 和 come 作輕音讀。同是重音，/ kʌm / 和 / kɒm / 的音值並不相同。第三組的 com 和 come 都讀輕聲，裏面都有含糊元音 / ə /。

第二組實例涉及 ex 作為英文字第一個音節的讀法。我們常把字母 x（/ eks /）誤讀成為 / ɪks /，所以見到 ex 字頭就讀 / ɪks /。ex 字頭作為輕音有時的確讀 / ɪks /，有時卻不是。ex 字頭作為重音肯定不讀 / ɪks /。以下是一些例字：

excel	/ ɪkˈsel /
except	/ ɪkˈsept /
exchange	/ ɪksˈtʃeɪndʒ /
external	/ ɪkˈstɜːn(ə)l /
exact	/ ɪgˈzækt /
executive	/ ɪgˈzekjʊtɪv /
exhaust	/ ɪgˈzɔːst /
exist	/ ɪgˈzɪst /

expatriate	/ eksˈpætrɪət / (adj. & n.)
ex-serviceman	/ eksˈsɜːvɪsmən /
extrinsic	/ ekˈstrɪnsɪk /
exurbia	/ eksˈɜːbɪə /

excellent	/ ˈeksələnt /
execute	/ ˈeksɪˌkjuːt /
expectation	/ ˌekspekˈteɪʃ(ə)n /
extra	/ ˈekstrə /

exaltation	/ ˌegzɔːlˈteɪʃ(ə)n /
exile	/ ˈegzaɪl / 、 / ˈeksaɪl /
existential	/ ˌegzɪˈstenʃ(ə)l /
exit	/ ˈegzɪt / 、 / ˈeksɪt /
Brexit	/ ˈbreksɪt /

談學習　憶名師・第一部

在英式英語中，字頭的輕音 e 一般都發成 / ɪ /，例外很少，只有一些專門詞如 **escrow**（/ eˈskrəʊ /）、**endemic**（/ enˈdemɪk /）、**ethnology**（/ eθˈnɒlədʒɪ /）、**ethology**（/ iːˈθɒlədʒɪ /）以及從意大利文借過來的字 **espresso**（/ eˈspresəʊ /）等。以下舉十個 e 發成 / ɪ / 音的例字：

economy	/ ɪˈkɒnəmɪ /
electrical	/ ɪˈlektrɪk(ə)l /
emotional	/ ɪˈməʊʃ(ə)n(ə)l /
employ	/ ɪmˈplɔɪ /
encounter	/ ɪnˈkaʊntə(r) /

encourage	/ ɪnˈkʌrɪdʒ /
enable	/ ɪnˈeɪb(ə)l /
enough	/ ɪˈnʌf /
erroneous	/ ɪˈrəʊnɪəs /
erupt	/ ɪˈrʌpt /
estate	/ ɪˈsteɪt /
escape	/ ɪˈskeɪp /
establish	/ ɪˈstæblɪʃ /
eternal	/ ɪˈtɜːn(ə)l /
event	/ ɪˈvent /

　　字頭如此，字尾如何？英文的複數名詞和現在式第三人稱單數動詞末尾的 s 字母，甚麼時候是 / s / 音值，甚麼時候是 / z / 音值呢？答案是：凡位於 / t /、/ p /、/ k /、/ θ / 和 / f / 後面的 s 是 / s / 音值，不然的話 s 就是 / z / 音值。下面分組舉例：

fights	/ faɪts /	fighters	/ ˈfaɪtəz /
gates	/ geɪts /	grades	/ greɪdz /
roots	/ ruːts /	roads	/ rəʊdz /
ropes	/ rəʊps /	robes	/ rəʊbz /
shapes	/ ʃeɪps /	sobs	/ sɒbz /
stops	/ stɒps /	stoppages	/ ˈstɒpɪdʒɪz /
discs	/ dɪsks /	discuses	/ ˈdɪskəsɪz /
docks	/ dɒks /	dogs	/ dɒgz /
takes	/ teɪks /	undertakings	/ ˌʌndəˈteɪkɪŋz /

breaths	/ breθs /	breathes	/ bri:ðz /
eighths	/ eɪtθs /	eighties	/ 'eɪtɪz /
strengths	/ streŋθs /	soothes	/ su:ðz /
coughs	/ kɒfs /	calves	/ kɑ:vz /
cuffs	/ kʌfs /	gloves	/ glʌvz /
telegraphs	/ 'telɪˌgrɑ:fs /	telegrams	/ 'telɪˌgræmz /

/ t /、/ p /、/ k /、/ θ / 和 / f / 是不帶音（voiceless）的輔音，所以餘音便是不帶音 / s /。元音和帶音（voiced）的輔音後面的 s 則讀帶音 / z /。因為 / t /、/ p /、/ k / 等輔音不帶音，所以縱使緊隨其後而又在字尾的字母是 z 而不是 s，讀的時候 z 也要讀成 / s /。這情形似乎只發生在名詞音節尾的字母 t 和隱藏着的 / t / 音後面。例如：

Alzheimer's	/ 'æltsˌhaɪməz / （來自德文）
Franz	/ frænts / （來自德文）
Fritz	/ frɪts /
hertz	/ hɜ:ts / （來自德文）
pizza	/ 'pi:tsə / （來自意文）

本文的英語標音全依 *The Concise Oxford Dictionary*（Oxford University Press〔eighth edition〕, 1990）。不過，現實是，受了美式英語等口音的影響，英式英語一部分傳統中置於輕音節但不在字尾的元音 / ɪ / 現在或已變成 / ə /，而仍讀作 / ɪ / 的人或會被視為追不上時代。同時，在字尾的元音 / ɪ /，新一些的字典會

改為 / i /，表示可讀成短元音 / ɪ / 或長元音 / iː /。這些現象，
Oxford Advanced Learner's Dictionary（Oxford University Press〔fifth
edition (5th impression)〕, 1997）都紀錄了。以下是八個例字：

英文例字	*Concise Oxford*	*Oxford AL*
business	/ ˈbɪznɪs /	/ ˈbɪznəs /
holiday	/ ˈhɒlɪdeɪ /	/ ˈhɒlədeɪ /
tigress	/ ˈtaɪgrɪs /	/ ˈtaɪgrəs /
senseless	/ ˈsenslɪs /	/ ˈsensləs /
toilet	/ ˈtɔɪlɪt /	/ ˈtɔɪlət /
daily	/ ˈdeɪlɪ /	/ ˈdeɪli /
sensibility	/ ˌsensɪˈbɪlɪtɪ /	/ ˌsensəˈbɪləti /
university	/ ˌjuːnɪˈvɜːsɪtɪ /	/ ˌjuːnɪˈvɜːsəti /

剛才談及長音 / iː / 和短音 / ɪ /，發音時兩個音當然要分辨清
楚，不然就會妨礙溝通。以下是一些例字：

cheap	/ tʃiːp /	**chip**	/ tʃɪp /
keen	/ kiːn /	**kin**	/ kɪn /
least	/ liːst /	**list**	/ lɪst /

/ ɔː / 和 / ɒ / 也是一長一短，舉例如下：

caught	/ kɔːt /	**cot**	/ kɒt /
hawk	/ hɔːk /	**hock**	/ hɒk /
port	/ pɔːt /	**pot**	/ pɒt /

/ u: / 和 / ʊ / 也是一長一短，舉例如下：

food	/ fu:d /	**foot**	/ fʊt /
fool	/ fu:l /	**full**	/ fʊl /
goose	/ gu:s /	**good**	/ gʊd /

/ ɑ: / 和 / æ / 也可視為一長一短，例如：

Arthur	/ ˈɑ:θə /	**Alex**	/ ˈælɪks /
garden	/ ˈgɑ:d(ə)n /	**gather**	/ ˈgæðə(r) /
task	/ tɑ:sk /	**traffic**	/ ˈtræfɪk /

而 / æ / 和 / e / 雖無長短之分，卻是一洪一細，初學者尤其要留意，例如：

cattle	/ ˈkæt(ə)l /	**kettle**	/ ˈket(ə)l /
gather	/ ˈgæðə(r) /	**together**	/ təˈgeðə(r) /
man	/ mæn /	**men**	/ men /

輔音方面，有四對摩擦音也應該分清楚。現在表列如下：

輔音	英文例字	RP	輔音	英文例字	RP
f	**fake**	/ feɪk /	v	**vague**	/ veɪg /
	ferry	/ ˈferɪ /		**very**	/ ˈverɪ /
θ	**thatch**	/ θætʃ /	ð	**that**	/ ðæt /
	thin	/ θɪn /		**then**	/ ðen /
s	**see**	/ si: /	z	**zero**	/ ˈzɪərəʊ /
	sue	/ su: /、/ sju: /		**zoo**	/ zu: /

∫	**precious**	/ ˈpreʃəs /	ʒ	**precision**	/ prɪˈsɪʒ(ə)n /
	pressure	/ ˈpreʃə(r) /		**pleasure**	/ ˈpleʒə(r) /

Linking

要說像英語的英語，還要克服 linking 這個困難。Linking 指的主要是講、讀時字尾的輔音和下一個字頭的元音連接起來（元音和元音、元音和輔音以及輔音和輔音的「連接」，實行時並無困難）。在 RP 中，字尾輔音 / r / 如果沒有元音緊隨是不會發的，例如 **mother** 和 **father** 字尾的 / r / 音便是，兩個字分別讀 / ˈmʌðə / 和 / ˈfɑːðə / ，字母 **r** 的音給隱藏了。但是，'She's a mother of three'就要讀成 / ˌʃiːzəˈmʌðərəvˈθriː / ，/ r / 音就出現了，'mother'字尾的 / r / 音就成為一個 linking / r / 。為了方便理解，'She's'字尾的 / z / 音可被視為一個 linking / z / ，但其實這個 / z / 音縱使沒有元音緊隨也沒有隱藏，所以和 linking / r / 的概念不同。同樣地，像蘇格蘭、愛爾蘭和大部分北美地方的英語從不隱藏元音後字母 **r** 的音，所以，如果字母 **r** 在字尾，前面是元音，下一個字的字頭也是元音，linking 雖屬必然，但這個 linking 的概念和 RP 用 linking / r / 的概念不同。

我們可以用 'rhotic'（/ ˈrəʊtɪk /）來形容發音時不隱藏元音後 / r / 音的英語方音和口音。David Crystal 編著的 *A Dictionary of Linguistics and Phonetics*（Basil Blackwell〔third edition〕, 1991）為

'rhotic'作這樣解釋：'A term used in English phonology referring to dialects or accents where / r / is pronounced following a vowel, as in **car** and **cart**. Varieties which do not have this feature are non-rhotic（such as received pronunciation）.'

'She is'變成單音節字'She's'這個「動作」稱為'elision'。同樣地，'I'm'、'you're'、'he'll'都是 elision 的產物。

這裏再舉幾個 linking 的例子。'She hasn't returned'整句讀，是 / ʃɪˈhæz(ə)ntrɪˈtɜːnd / 或 / ʃɪˈhæz(ə)nrɪˈtɜːnd /，並沒有真正 linking 的現象；'She hasn't returned home'整句讀，是 / ʃɪˈhæz(ə)ntrɪˈtɜːntəʊm / 或 / ʃɪˈhæz(ə)nrɪˈtɜːntəʊm /，就有 linking 現象，字母 **d** 的音在這裏有 linking 的作用。'She hasn't agreed'整句讀，是 / ʃɪˈhæz(ə)ntəˈɡriːd /，這裏 / t / 是一個 linking 的音，絕對不可不發。

講英語不能處理好 linking 一定會影響溝通。比如電影戲名 *The King and I*，慢讀我們可以說成 / ðəˈkɪŋ ænˈdaɪ /，快讀可以說成 / ðəˌkɪŋənˈdaɪ / 或 / ðəˌkɪŋənˈtaɪ /。如果我們把 / d / 音丟了，這短語就變成 / ðəˌkɪŋəˈnaɪ /，一個不明白中文習性的外國人就會聽到不合語法的'the king an eye'，從而聯想到諺語'An eye for an eye, a tooth for a tooth'（ / əˈnaɪ fərəˈnaɪ əˈtuːθ fərəˈtuːθ / ）。他肯定不能立刻知道我們指的是「國王與我」。不過，實際情況會好一點，因為說話時總會有上文下理，例如我們起碼會說：'Have you seen the film *The King an I*？'這部電影那麼出名，聽者大概不會以為我們

指的是一部新電影：*The King, An Eye*。

　　當然，對一個英語是他唯一母語或其中一門母語的人來說，上述所有關乎發音的問題或許都不是甚麼問題。這就要看那人是三歲前已經常常聽英語和開始講簡單英語還是五歲後才開始學英語了。如果把英語作為非母語學習，國際音標是一個非常有效的學習工具。當然不是要一、兩天內把國際音標的符號全學了，而可以分批學、有系統地學，在課堂上尤其如是。日常多看英語電影和英語電視節目當然對學習英語更好——只要不看中文字幕。說得危言聳聽一點，如果只顧看中文字幕，我們就無法專心聽英語對白。久而久之，我們的大腦就會認為英語是干擾我們看中文字幕的雜音。它會指使我們看英語節目時聽見英語就關掉耳朵的大門，這樣對學英語只有負面影響。看中文字幕看多了會令我們聽不懂英語，更遑論學好英語了。

　　但是，如果看英語節目時看英文字幕，那就是通過看文字辨別發音，效果就很不同。這是強化語音和語法學習的好方法，也是語言實驗室常設的方法，不能和依靠中文字幕看懂英語節目的行為混為一談。

教與學

　　記得在 1997 年，美國《時代雜誌》的一位女記者來我的辦公室做訪問。她是非洲裔美國人。得知她負責中國的時事，我就隨

便問問:「你會講普通話嗎?」她立刻講了幾句普通話,發音十分準確,聲調也掌握得好。我當然要問她在哪裏學的普通話,怎樣學的普通話。原來她只不過在美國東岸學,但教師甚有辦法,先讓學員用了好幾個星期練習發音,直至學員的美國口音大致消失了,才學普通話字詞、短句、語法。我覺得這是一個非常正確的學習方法,因為如果發音弄不好,到了有談話能力時才一邊講一邊嘗試矯正發音,恐怕已經來不及了。

學習外語,語言環境非常重要。寫還比較容易,只要有足夠的語法知識便行。講則談何容易,就算不計較修辭,仍要發音準確,吐字清晰,大致合語法,有節奏,能傳情達意,一切都在電光火石間進行,初學者一定要多講才能應付。一定要講到自覺已經跨過了門檻,我們才會覺得有能力駕馭那門外語。到那時,發音準確的一定會繼續準確,發音不準確的也很難改正了。那些發音不準確的人可能講外語講得很流利,也明白自己在講甚麼,只是聽者可能茫無頭緒。

不過,無論如何,學外語而不常講,就永遠跨不過那道門檻;幾年不講,那門外語就會從腦海中消失。上世紀七十年代我在美國教書時,收到一份為大學生提供法語夏令營的單張。我看後立刻明白製造語言環境的好方法。在美國,日常很少有講法語的機會,但是夏令營就能製造一個很好的語言環境,最重要的是它設有罰則:每講一句英語罰一美元。例如,宿營者在夏令營中用 'le weekend' 一詞就可以,講一句 'Have a nice weekend' 就「盛惠」一

美元。的確，有峻法才有紀律，經過整個星期的磨練，宿營者的法語講讀能力怎會跨不過門檻呢？

發音準確，吐字清晰，應該是我們學習任何一種語言時希望達到的目的。積字成句，寫已經不容易，更何況講？沒有語法貫串所寫所講，就不能成句，不讀文法書怎行？當然還要學習修辭，以免「言之無文，行而不遠」。太多書要看了，太多好句要背誦了，這就是學外語要付出的代價。開始時，要自學很困難，恐怕要通過好的課程和好的導師，初學者才會摘取好的學習成果。

附圖是我在 1995 年一個兩文三語教學研討會上呈交的三語教學程序方案。到現在，我對表內所建議的教授和學習兩文三語程序的看法並沒有改變，對英語教與學的看法當然也沒有改變。

不過，以上所說的學習程序都只是我的期望。小學生沒有自學外語的能力和興趣，只有在學校的壓力下、在教師的指導下，才會努力學習他們的外語——英語。但是，學校的語文教學政策、英文教師的口音和說話的動聽程度，以及誘發學生學習動機的能力，都不是學生甚至家長所能決定的，這一切似乎都只由緣分和運氣決定。如果到長大後，到具備經濟條件和選擇名師的能力時，才認真地學英語，除非有來自工作的壓力或濃厚的興趣，又或者極強烈的好勝心作動力，否則雖不至於徒勞無功，也難以有所突破。

香港粵語、國語及英語語文教學程序方案
（只適用於以粵語為母語之香港華人學生）

科目／年級	粵語				國語			英語		
初小	粵語正音及粵音正讀	天籟調聲法	粵語拼音		國語初階	國語正音及國音正讀		英語初階	英語正音及英語標準音正讀	
高小							國語拼音			英語拼音
初中		反切初階		近體詩格律	國語中階			英語中階		
高中		反切中階								

備　考

天籟調聲法：鼻韻音調聲法：陰平、陰上、陰去、陰入；陰平、陰上、陰去、中入；陽平、陽上、陽去、陽入。非鼻韻音調聲法：陰平、陰上、陰去；陽平、陽上、陽去。數字調聲法：「三九四七、三九四八、零五二六。」

反切初階：口訣、陽上作去、送氣與不送氣、韻母近移。

反切中階：中古音與粵音的對應。

近體詩格律：五七言平仄起式、特殊形式（包括拗句）。

國語初階：發音、調聲、造句、作短文、朗讀。

國語中階：語法、作文、會話。

英語初階：字母、發音、造句、作短文、朗讀。

英語中階：語法、作文、會話。

虛線表示授課以傳意為主，旨在誘發學習動機。

學生學會調聲法後，宜先認識自己姓名的聲調，然後再擴展出去。中文教師教生字時，宜指出該字粵讀的正確聲調。拼音符號宜分期講授。語文教師教生字時，宜一併寫出和該字相應的全部或部分拼音符號。

學好中文
熟讀名篇，能思能寫能言

這篇文章的目標讀者是以普通話、粵語或任何一個中國方言為母語的中國人。

十年浩劫

孔子說：「學而不思則罔，思而不學則殆。」我一向認為「學」中文一定要從背誦精練的文言文和語體文入手，尤其是古代的文言文。理由是古代的文言文——包括韻文和散文——比較艱深，僅僅看幾遍恐怕沒法把其中的文字和內容放進腦子裏備用。那索性不理會文言文又如何呢？日常生活中是可以的，但不背誦文言文就很難提升語文水平。文言文是語體文之母，沒有母親的哺育和薰陶，子女未必能健康成長，也未必會心智成熟。古人的作品提供了很多足以誘發我們思考的材料，如果能趁年少記憶力好，通過背誦把其中一些材料牢記，那些材料就會永遠給我們作思考之用，因而引致新的發現、新的追求。這就是學而思、思而學的好處。

不過，當局未必這樣想。當局或許認為背誦會降低思考的

能力，於是在 2005 年的舊制高中一年級 (Form 4) 全面撤走為數二十餘篇的中國語文範文，因此 2007 年的中學會考就沒有中國語文範文可考。2009 年實行的三年制新高中也不設中國語文範文。2005 年，當局推出三百餘篇並不作為公開考核一部分的「中學中國語文學習參考篇章（高中階段）」供教師參考和選用。既然不考，誰願意教？誰願意學？當局的新政策不鼓勵學生背誦，而鼓勵學校加強對學生理解和分析能力的訓練。於是學校把一篇又一篇文言文和語體文派給學生進行理解和分析。可惜這種把文章變成過眼雲烟的景象，很容易使年輕人「思而不學」。要配合這種近乎思而不學的學習模式，似乎只有兩種考核方法，第一種是不設公開考試，由校內評核；第二種是只設很淺易的公開考試。但是我們的中國語文科公開考試卻並不淺易，而且予人一種十分刁鑽的感覺，好像要置人於死地而後快。於是我們那些講中文、寫中文的華人學生就稱這張中國語文試卷為「死亡之卷」。一些名校高材生因為不敵死亡之卷，中國語文科公開考試連第三級也拿不到，唯有提早到外國升學，永遠鄙棄令他們落敗的中國語文。另一方面，有幾所本來不太有名氣的中學卻自選範文給學生背誦，使學生對駕馭中國語文產生一點自信心，因而在公開考試中拿到好成績。那幾所中學因此聲名大噪，校譽日隆。

2015 年，新高中的中國語文科新增十餘篇「指定閱讀篇章」，全是古文和古典詩詞，並且列入 2018 年中學文憑試的範圍之內。教育局發出的課程指引，更鼓勵學生背誦那些範文。一些中學校

長和教師回顧那沒有範文的十年光景，稱之為「十年浩劫」，可見他們感慨之深。

賞析與研究

新高中中國語文科所選的範文，都是好的散文和韻文，都有代表性，都有背誦價值，都能誘發思考。雖然有關作品偶爾會帶出一些文字上和意義上的問題，但卻不應妨礙我們對這些作品加以背誦、分析和欣賞。

古代的文言文往往包藏了文字訓詁問題，我們的範文當然也不能例外。深入處理這些問題屬於學術研究，並不是中學生所應該從事的。中學生只須記誦和賞析官方提供的版本，不用太關注其中的文字訓詁問題。但是，如果一些中學生有興趣和有時間對一些篇章進行學術研究，他們應該如何入手呢？第一當然要多讀書，第二當然要多思考。但是學術研究的形相究竟是怎樣的呢？這裏不妨作個示例。

〈念奴嬌‧赤壁懷古〉

範文中，問題最多的要算〈念奴嬌‧赤壁懷古〉，而那些都是有趣和足以令人舉一反三的問題。我現在抄錄和改寫我分別於1996 年和 2003 年刊登於香港中文大學《中國文化研究所學報》的文章——〈蘇軾《念奴嬌‧赤壁懷古》格律、異文及異義試析〉和

〈蘇軾詞「不應有恨何事」、「小喬初嫁」及「多情應笑」試析〉，逐個問題處理一下。

　　首先，赤壁詞作於黃州，指的是今湖北省黃岡市黃州區的赤壁。史家都知道這赤壁並非位於今湖北省赤壁市赤壁鎮，後漢時孫、劉在此聯手大破曹軍的赤壁。南宋以來，注釋家都認為蘇軾不是不知道地點有誤，只不過文家即景寄情，張冠李戴也無所謂。但是北宋張舜民《畫墁錄》卷八卻有這樣一則日記：

> 壬戌，早次黃州。見知州大夫楊寀〔音「審」〕、通判承議孟震、團練副使蘇軾，會於子瞻〔蘇軾字子瞻〕所居，晚食於子瞻東坡雪堂。子瞻坐詩獄，謫此已數年。黃之士人出錢，於州之城東隅地築磯，乃周瑜敗曹操之所。州在大江之湄，北附黃崗，地形高下。公府居民極於蕭條，知州廳事敝陋，大不勝〔平聲〕處〔上聲〕。國朝王禹偁嘗謫此。

看這篇日記，就知道張芸叟也相信北附黃崗縣的赤壁是火燒連環船之地。而張芸叟之所以相信，大概因為蘇東坡他們對黃州父老這個傳說雖然未必確信，也並不懷疑。所以赤壁詞上片說：「故壘西邊人道是，三國周郎赤壁。」也樂於人云亦云。

　　這是官方提供的蘇軾〈念奴嬌‧赤壁懷古〉參考版本：

大江東去，浪淘盡、千古風流人物。故壘西邊，人道是、三國周郎赤壁。亂石穿空，驚濤拍岸，捲起千堆雪。江山如畫，一時多少豪傑！　　遙想公瑾當年，小喬初嫁了，雄姿英發。羽扇綸巾，談笑間、檣櫓灰飛煙滅。故國神遊，多情應笑我，早生華髮。人間如夢，一尊還酹江月。

以下就分句、異文和異義三個項目，探討這個版本包藏的問題。

分句

赤壁詞分句的最大問題，莫過於「小喬初嫁了雄姿英發」和「故國神遊多情應笑我早生華髮」這兩個句組的文字。現在依次討論。

「小喬初嫁了，雄姿英發」是坊間選本常見的分句法。清萬樹於康熙二十六年（1687 年）成書的《詞律》卷十六和王奕清等於康熙五十四年（1715 年）成書的《詞譜》卷二十八都載有蘇軾〈念奴嬌・赤壁懷古〉，下片換頭都作「遙想公瑾當年，小喬初嫁了，雄姿英發」。這樣分句其實大有問題，問題不在於格律，而在於意義。現存北宋的仄韻〈念奴嬌〉詞，下片換頭處用六、四、五句式和六、五、四句式都有，較前期的作品都用六、四、五句式：

①沈唐　　消散雲雨須臾，多情因甚，有輕離輕拆。

②蘇軾　　我醉拍手狂歌，舉杯邀月，對影成三客。

③黃庭堅　年少從我追遊，晚涼幽徑，繞張園森木。

④仲殊　　別岸孤煙一枝，廣寒宮殿，冷落栖愁苦。

⑤仲殊　　吹斷舞影歌聲，陽臺人去，有當年池閣。

⑥周邦彥　因念舊日芳菲，桃花永巷，恰似初相識。

到了趙鼎臣，就兩種分句法都用：

⑦趙鼎臣　惆悵送子重游，南樓依舊不，朱闌誰倚。

⑧趙鼎臣　開宴香藹華堂，金杯休訴，好醉蟠桃熟。

同時的謝薖，也留有一首換頭用六、五、四句式的〈念奴嬌〉：

⑨謝薖　　猶記攜手芳陰，一枝斜帶豔，嬌波雙秀。

可以推想，東坡詞屬於較早的一批，會傾向用六、四、五分句法。但因為同時稍後已經出現六、五、四分句法，而且南渡前樂譜俱在，即可推想兩種分句法都可以唱出來。所以，從格律上看，下片用六、四、五或六、五、四句式是沒有差異的。

　　但是，從文義上看，「小喬初嫁」和「小喬初嫁了」就有很大

的差異。兩者語法都無問題，問題在於語意，因為「嫁了」和「婚嫁了」在唐宋時期指的是子女婚事完畢，因此「嫁了」還有「嫁出」的意思。現在舉幾個例子：

① 唐白居易〈逸老〉五古：「我初五十八，息老雖非早。一閑三十年，所得亦不少。況加祿仕後，衣食常溫飽。又從風疾來〔即「又自從患風疾以來」〕，女嫁男婚了〔指家中後輩及歌妓〕。胸中一無事，浩氣盈襟抱。」這裏「女嫁男婚了」意即家人婚事完畢，引出下一句胸中了無牽掛之事的釋懷語。

② 唐姚合〈別杭州〉五絕：「醉與江濤別，江濤惜我遊。他年婚嫁了，終老此江頭。」這裏「他年婚嫁了」兩句即謂日後子女婚嫁之事完畢，無復牽掛，就在這江頭終老。《後漢書‧逸民‧向長傳》：「向長字子平，…… 建武中，男女娶嫁既畢，敕斷家事勿相關，當如我死也。於是遂肆意，與同好北海禽慶俱遊五嶽名山，竟不知所終。」《南齊書‧蕭惠基傳》：「惠基常謂所親曰：『須婚嫁畢，當歸老舊廬。』立身退素，朝廷稱為善士。」古人視子女婚嫁為大事，婚嫁既了，則如釋重負。

③ 唐張仲方〈贈毛仙翁〉雜言：「待我休官了婚嫁，桃源洞裏覓仙兄。」這裏「了婚嫁」的「了」字是及物動詞，作「了結」解。指的是等到休了官並辦妥子女婚嫁之事，就來桃源洞相覓。唐元結〈招陶別駕家陽華作〉五古：「無或畢婚嫁，竟為俗務牽。」唐韓愈〈縣齋有懷〉五古：「如今便可爾，何用畢婚嫁。」宋蘇軾〈遊

淨居寺〉五古：「願言畢婚嫁，攜手老翠微。」「了婚嫁」即「畢婚嫁」。

④　宋李綱〈念奴嬌〉詞：「悵念老子平生，粗令〔平聲〕婚嫁了，超然閑適。」這裏「粗令婚嫁了」即草草把子女婚嫁之事辦完，無復兒女之累，因而「超然閑適」。

⑤　宋曹彥約〈滿庭芳・壽妻〉詞：「幸償。婚嫁了，雙雛藍袖，拜舞稱觴。」這裏「婚嫁了」即子女婚事完畢之意。下接「雙雛」，指兩小孫。

以上白居易、姚合、張仲方、李綱、曹彥約的「婚嫁」都指家人婚嫁，並非一己的婚事。所以「嫁了」還有「嫁出」的意思。

南宋光宗紹熙二年（1191 年）辛亥除夕，詞人姜夔（字堯章，號白石道人）別范成大歸吳興。臨行，范成大贈以歌妓小紅，數年而姜夔放小紅。夏承燾《姜白石詞編年箋校・行實考・雜考》有頗詳細記述。白石死後，葬於杭州西郊馬塍（「塍」，《廣韻》：「食陵切。」粵音「繩」）。友人蘇泂有〈到馬塍哭堯章〉絕句四首，第四首第二聯云：「賴是〔即幸虧〕小紅渠已嫁，不然啼碎馬塍花。」見《泠然齋集》卷八。《四庫全書總目・集部・別集類十六・〈泠然齋集〉八卷提要》曰：「其輓姜夔一詩，元陸友仁《硯〔當是「研」〕北雜志》引之，以為蘇石所作。」按陸友仁《研北雜志》卷下曰：「堯章後以疾沒，故蘇石挽之曰：『所幸小紅方嫁了，不然啼損馬

膆花。」誤記「渠已嫁」為「方嫁了」，但平仄無誤，都是「平仄仄」，這可能是無心之失，但正好提供了證據，說明先賢一般以「嫁了」為「嫁出」而非「嫁入」。

蘇軾詞「小喬初嫁」指小喬初嫁給周瑜。其實赤壁之戰時，小喬已嫁九年（周瑜納小喬在建安四年，赤壁之戰在建安十三年），云「初嫁」者，取其警動而已。唐皮日休〈石榴歌〉最後四句：「玉刻冰壺含露溼，斕斑似帶湘娥泣。蕭娘初嫁嗜甘酸，嚼破水精千萬粒。」以新婦的美豔與石榴的美豔相輝映，亦取其警動。如果「小喬」句連下「了」字讀，作「小喬初嫁了」，雖然語法穩妥，也非常「順口」，但意義就變成「小喬剛嫁出」，甚至可以說周瑜剛嫁出小喬，這樣就於理不合。蘇軾恐怕不會這樣填詞。

在赤壁詞中，「了」字應視作「領字」（雖然這裏不一定要用領字，宋人卻也常用），「了雄姿英發」首三字的詞性就和以下北宋詞的「一領四」領字句首三字一樣：

① 漸素秋向晚　　〔歐陽修〈清商怨〉〕

② 最玉摟先曉　　〔晏幾道〈清商怨〉〕

③ 乍湖光清淺　　〔仲殊〈念奴嬌〉〕

④ 漸霜風淒慘　　〔柳永〈八聲甘州〉〕

⑤ 正故國晚秋　　〔王安石〈桂枝香〉〕

⑥ 漸月華收練　〔蘇軾〈沁園春〉〕

⑦ 正單衣試酒　〔周邦彥〈六醜〉〕

上引諸句首三字都是副詞在名詞短語之前。「了」字是濁聲母上聲字，宋詞的副詞領字多用去聲而較少用上聲；不過「漸」字在《廣韻》屬「慈染切」，在後世「濁上作去」之前，本就和「了」字一樣，都是濁聲母上聲字，而「漸」字也是常見的領字。「了」字作「了然」、「全然」解，作為領字，十分恰當。

〈念奴嬌〉下片換頭第二、三句共九字，周邦彥以前諸家都作上四下五，但同時已有上五下四斷句法。這現象說明了不論上四下五還是上五下四，都是可歌的。所以「小喬初嫁，了雄姿英發」是從語意中求得，並非謂〈念奴嬌〉此處必作上四下五而不能作上五下四。萬樹說：

> 更謂「小喬」句必宜四字，截「了」字屬下乃合。則宋人此處用上五下四者尤多，不可枚舉，豈可謂之不合乎？

萬紅友此言，主要出於誤解。他針對的顯然是清初朱彝尊在《詞綜》中的話。朱氏《詞綜》卷六曰：

> 至於「小喬初嫁」，宜句絕，「了」字屬下句乃合。

朱竹垞當然不是指格律上應該這樣，他應該是看出「初嫁了」的

問題，才出此言。可惜朱氏未能指出「了」字屬下句的領字功能。而唐宋以後，大抵「嫁了」作為「嫁出」的意思已比較模糊，而「嫁了」又那麼「順口」，一般人實在難以領略朱氏的深意。是以張宗櫹《詞林紀事》就說：「此正如村學究說書，不顧上下語意聯絡，可一噴飯也。」張氏不審文理，才會發此偏頗之言，看來村學究應是他自己。

南宋張孝祥填了一首屬於「別體」的〈水調歌頭・和龐佑父〉，下片云：

> 憶當年，周與謝〔周瑜與東晉謝玄〕，富春秋。小喬初嫁〔指周〕，香囊未解〔指謝〕，勳業故優游。赤壁磯頭落照，肥水橋邊衰草，渺渺喚人愁。我欲乘風去〔蘇軾〈水調歌頭〉：「我欲乘風歸去。」〕，擊楫誓中流。

詞中「小喬初嫁」即小喬初嫁與周公瑾之謂，取蘇東坡〈念奴嬌〉句。康熙《詞譜》卷二十八載赤壁詞，下片第二句作「小喬初嫁了」；卷二十三載張孝祥〈水調歌頭〉，下片卻不能不作「小喬初嫁」。隨讀隨分之習，可見一斑。

現在討論「故國神遊多情應笑我早生華髮」的分句問題。

這十三個字的分句本來是沒有問題的，明朝荊聚校刊本《增修箋注妙選群英草堂詩餘》圈點本和清初萬樹《詞律》都作「故國神遊，多情應笑，我早生華髮」，不過康熙五十四年王奕清等的

《詞譜》就斷句成為「故國神遊，多情應笑我，早生華髮」。這個錯體竟成為後世的流行分句。

在近人唐圭璋所編《全宋詞》中，東坡〈念奴嬌〉赤壁詞的有關分句是四、四、五，非常精確。但《全宋詞》是參考書，沒甚麼人看；龍沐勛選本用四、五、四分句，因為該選本是大學教科書，很多人讀過，所以「多情應笑我」便不脛而走。

南宋初洪邁《容齋續筆》卷八「詩詞改字」條曰：

向巨源云：「元不伐家有魯直〔黃庭堅〕所書東坡〈念奴嬌〉，與今人歌不同者數處，如『浪淘盡』為『浪聲沈』，『周郎赤壁』為『孫吳赤壁』，『亂石穿空』為『崩雲』，『驚濤拍岸』為『掠岸』，『多情應笑我早生華髮』為『多情應是笑我生華髮』，『人生如夢』為『如寄』。」不知此本今何在也。

據此可知，宋室南渡前後，「多情應笑我早生華髮」是流傳句。古書原無標點，所以洪容齋所記「多情應笑我早生華髮」如何分句，是不得而知的。反而黃庭堅所記「多情應是笑我生華髮」則是四、五句式無疑。事實上，蘇軾絕不會把〈念奴嬌〉赤壁詞下片末第五、四、三句寫成「故國神遊，多情應笑我，早生華髮」，因為宋人〈念奴嬌〉上下片末第五、四、三句都一定用四、四、五分句法，而且很多詞人利用了上、下片的末第五句和末第四句作對偶。現在先舉例：

① 沈唐　　恨別王孫，牆陰目斷，手把青梅摘。
　　　　　厚約深盟，除非重見，見了方端的。

② 蘇軾　　玉宇瓊樓，乘鸞來去，人在清涼國。
　　　　　便欲乘風，翻然歸去，何用騎鵬翼。

③ 黃庭堅　萬里青天，姮娥何處，駕此一輪玉。
　　　　　老子平生，江南江北，最愛臨風曲。

④ 仲殊　　絳綵嬌春，鉛華掩畫，占斷鴛鴦浦。
　　　　　媚臉籠霞，芳心泣露，不肯為雲雨。

⑤ 仲殊　　素質生風，香肌無汗，繡扇長閑卻。
　　　　　燕別雕梁，鴻歸紫塞，音信憑誰託。

⑥ 周邦彥　最惜香梅，凌寒偷綻，泄漏春消息。
　　　　　奈有離情，瑤臺月下，回首頻思憶。

⑦ 趙鼎臣　萬柳庭邊，雅歌堂上，醉倒春風裏。
　　　　　量減盃中，雪添頭上，甚矣吾衰矣。

⑧ 趙鼎臣　賢德家風，豔容天賦，占盡人間福。
　　　　　兩鬢春風，一釵香霧，長與瑤池綠。

⑨ 謝薖　　半怯新寒，半宜晴色，養得臙脂透。
　　　　　醉淺休歸，夜深同睡，明月還相守。

看來蘇軾寫「亂石穿空，驚濤拍岸」以及「故國神遊，多情應笑」，更是在〈念奴嬌〉上下片都用對偶的先驅。

朱彝尊《詞綜》卷六收蘇軾赤壁詞，就用了黃庭堅的「版本」，並且自注云：

> 又「多情應是笑我生華髮」作「多情應笑我早生華髮」，益非。今從《容齋隨筆》〔當是《容齋續筆》〕所載黃魯直手書本更正。

《詞綜》本來並無標點，故「多情」九字不知何處斷句。然而萬樹卻說：

> 《詞綜》云本係「多情應是」一句，「笑我生華髮」一句，世作「多情應笑我」，益非。愚謂此說亦不必。此九字一氣，即作上五下四，亦無不可。金谷云：「九重頻念此，衰衣華髮。」竹坡云：「白頭應記得，樽前傾蓋。」亦無礙于音律。蓋歌喉于此滾下，非住拍處，在所不拘也。

萬樹此語大有問題。其一，《詞綜》原無標點，《容齋續筆》卷八「詩詞改字」條引向巨源謂元不伐家有黃庭堅所書東坡〈念奴嬌〉，其中「多情應笑我早生華髮」作「多情應是笑我生華髮」。朱彝尊《詞綜》於是據此改坊本的「多情應笑我早生華髮」為「多情應是笑我生華髮」。「多情應是笑我生華髮」是四、五分句無疑，但「多情

應笑我早生華髮」是四、五還是五、四,卻看不出來。萬樹強謂《詞綜》以「多情應笑我」為益非,其實《詞綜》是以「多情應笑我早生華髮」為益非。但從萬樹此語看來,「多情應笑我,早生華髮」這斷句法在萬樹之世已經有,並不始於《詞譜》。其二,萬樹一方面在譜中以「多情應笑」斷句,另一方面則謂上五下四亦無不可,這樣做就很含混了。究竟他的意思是「多情應笑」或「多情應笑我」都解得通,還是格律上那九個字作四、五或五、四皆可呢?可以肯定地說,那九個字斷為上四下五一定是正格,北宋人絕不作上五下四,南宋填〈念奴嬌〉的詞人,除非疏於格律,否則不該有甚麼理由會用上五下四。事實上,宋人真正用上五下四的例子,目前還未找到。〈念奴嬌〉赤壁詞上片「亂石」至「千堆雪」十三字一定是四、四、五句式,這點後世詞家都無異議;所以下片「故國」至「生華髮」十三字用四、四、五句式,就能得到對稱的效果。下片該處作四、五、四當然可歌,恐怕只因停頓不同,突兀一點罷了。這到底是小問題。但是,如果萬樹認為赤壁詞的「多情應笑」也可讀作「多情應笑我」,問題就大了。因為「故國神遊」和「多情應笑」是對偶,上片「亂石穿空」和「驚濤拍岸」也是對偶,這正是蘇軾刻意而為的。黃山谷手書東坡詞,把「多情」兩句寫成「多情應是,笑我生華髮」。作「多情應笑」或「多情應是」,都無害與「故國神遊」對偶,但「多情應是」意未斷,須連接本來不在對偶之內的下句「笑我生華髮」方能成義,不及「多情應笑」意義完整,而且山谷手書本下句無「早」字,更欠警策,山谷當是誤記。年邁生華髮不足為奇,多情而早生華髮,始見其異。但「多情應是」卻

是上四下五的最好證明。「多情應笑」即「多情如此，應該讓人取笑」，意義甚佳。如果讀作「多情應笑我」，東坡經營的對偶就會遭到破壞，跟上片的對偶失去呼應，這豈不是厚誣古人？

萬樹所指的金谷詞，即南宋石孝友（石有《金谷遺音》）的〈念奴嬌〉。萬樹於「此」字後斷句，十分不恰當。茲引石孝友〈念奴嬌・上洪帥王予道生辰正月十六日用東坡韻〉全詞如下：

> 半千寶運，瑞清朝、誕育人間英物。暖律吹灰春到也，遲日光騰東壁。婺女雙溪，沈郎八詠，輝映皆冰雪。儲精毓秀，幾年一個人傑。　　須信和氣隨人，粉梅欺黛柳，嬌春爭發。翠幕重重稱壽處，蓮炬蕙煙明滅。鼎席猶虛，九重頻念，此衰衣華髮。明年今夜，鳳池應醉花月。

詞中「鼎席猶虛，九重頻念」是對偶，「此衰衣華髮」即「這衰衣華髮的人」。「鼎席」指宰相之位，「九重」乃天子之稱，對偶相當穩妥，又與上片「婺女雙溪，沈郎八詠」對偶相呼應，我們豈能以「此」字屬上句而破壞對偶呢？石孝友另外四首〈念奴嬌〉跟這首一樣，於該等處都作對偶，計為：「鸞鑑分飛，夢雲零亂」、「欲語情酸，臨岐步懶」、「北海尊罍，西園遊宴」、「太一舟輕，芙蓉城鎖」、「蓬葉香浮，桂華光放」、「太白詩魂，玉川風腋」、「筮水呈祥，夢熊叶慶」、「瀑布泉清，爐峰氣秀」。萬樹不審文義，恐怕已誤導了後學。唐圭璋《全宋詞》即誤於「此」字後斷句。

至於周紫芝〈酹江月‧送路使君〉下闋的「南雁歸時，白頭應記，得尊前傾蓋」，意譯是：「當鴻雁自楚地北歸時，料想白了頭的我們又會追憶今天得以對飲的景況了。」《史記‧魯仲連鄒陽列傳》：「諺曰：『有白頭如新，傾蓋如故。』何則？知與不知也〔鄒陽〈獄中上梁王書〉語〕。」唐司馬貞〈索引〉：「按《家語》：『孔子遇程子於途，傾蓋而語。』又《志林》云：『傾蓋者，道行相遇，軿車對語，兩蓋〔即傘形車蓋〕相切〔相摩〕，小欹〔傾斜〕之，故曰傾也。』」《孔子家語‧致思》：「孔子之郯，遭程子於涂，傾蓋而語終日，甚相親。」周詞活用典故，謂因相送而傾蓋。「記」已有「記得」之意，不用把「得」字移往上句才有義。如果要析毫芒，「記得」有自然想得起來的意思，如周紫芝〈永遇樂〉：「碧羅窗底，依稀記得，閑繫翠絲烟縷。」「應記」則有刻意好好記住的意思，如周紫芝〈好事近〉：「應為老人回首，記白頭如雪。」以及剛討論過的「白頭應記」。「得」此處作「能」解。周紫芝時〈念奴嬌〉原譜大抵已不存。正因如此，填詞者就只好仿效前人句讀，以配新譜。竹坡之前諸名家於該處並沒有作四、五、四句式的，所以看不出竹坡為何要乖離成法。周詞下片該數句與上片「白雪歌成，莫愁去後，往事空千載」應該是對應的。而竹坡另一首〈酹江月〉（即〈念奴嬌〉）該等處則作「白玉樓高，水精簾捲，十里堆瓊屋」、「弄影人歸，錦袍何在，更誰知鴻鵠」，都是用四、四、五分句法。至於用四、五、四分句法，徒足以表示作者才力薄弱，南宋詞人犯不着這樣做。

萬樹《詞律‧發凡》云：

分句之誤，更僕難宣。既未審本文之理路語氣，又不校本調之前後短長，又不取他家對證，隨讀隨分，任意斷句。

《詞譜》、《詞律》都不能免於此。不過，無可否認，分句並非易事，忙中有錯，恐怕在所不免。

如果要用語體文繙譯「故國神遊，多情應笑，我早生華髮」，大致可以是這樣：

我以精神遊於〔已過去的〕舊國中，這樣多情多感〔《晉書‧王衍傳》：「聖人忘情。」〕，真要讓人取笑。〔因為多情〕我早已長出白髮來了。

《列子‧黃帝》云：「〔黃帝〕晝寢而夢，遊於華胥氏之國。華胥氏之國在弇州之西，台州之北，不知斯〔離也〕齊〔中也〕國幾千萬里。蓋非舟車足力之所及，神遊而已。」這段文字廣為人知，「神遊」指的就是以神去遊而不是以形去遊。東坡的「故國神遊，多情應笑」是比較寬的對偶句，「神遊」的「遊」是動詞（謂語），「應笑」的「笑」也是動詞（謂語）。「應」是副詞（狀語），「神」本是名詞，但這裏解作「以精神（去做出某些行動）」，是用來狀「遊」這謂語的。「神遊」是「以精神遊」，描寫得非常直接，並無隱義。「多情」是作者自謂，含義也並不深奧迂迴。

蘇軾早歲在杭州任通判時，有〈吉祥寺賞牡丹〉七絕云：「人老簪花不自羞，花應羞上老人頭。醉歸扶路人應笑，十里珠簾半上鈎。」〈念奴嬌〉的「應笑」即「人應笑」。古人早衰，所以蘇軾三十餘歲就自稱老人。

又東坡詞頗好用「我」字頭句，如「我醉拍手狂歌」（〈念奴嬌〉）、「我欲乘風歸去」（〈水調歌頭〉）、「我亦是行人」（〈臨江仙〉）。東坡詩尤多「我」字頭句，其數近百，如「我亦困詩酒，去道愈茫渺」、「我今官正閑，屢至因休沐」、「我欲乘飛車，東訪赤松子」、「二年閱三州，我老不自惜」、「我是玉堂仙，謫來海南村」、「師已忘言真有道，我除搜句百無功」、「我昔南行舟繫汴，逆風三日沙吹面」、「我醉欲眠君罷休，已教從事到青州」、「一士千金未易償，我從陳趙兩歐陽」、「我頃三章乞越州，欲尋萬壑看交流」俱是。大抵以「我」字置句首則有力，所以東坡詩多「我」字頭句。

異文

〈念奴嬌〉赤壁詞有不少異文，我現在只選論涉及官方參考本的異文三則，第一、二則關乎平仄格律，第三則只關乎字義。

據上引洪邁《容齋續筆》所載黃庭堅手書東坡〈念奴嬌〉赤壁詞，南宋初流傳的「浪淘盡」作「浪聲沈」。現存南宋初及以前的仄韻〈念奴嬌〉，第二句是九字句，語氣或作三、六，或作五、四，

第三字以平聲為多，甚少作仄聲，大抵連「浪淘盡」在內才四個例子左右，兩者都一定可歌。黃山谷作「浪聲沈」，可能當時心中有「仄平平」而把「浪淘盡」誤記為「浪聲沈」，也可能「浪聲沈」確是蘇軾手筆，現在已無法肯定。不過，北宋至南宋初的仄韻〈念奴嬌〉第二句都用動詞或副詞領起而不用名詞領起，這包括蘇軾〈念奴嬌〉中秋詞：「憑高眺遠，見長空，萬里雲無留迹。」只有赤壁詞用名詞「浪」字。「浪淘盡」是一、二語氣，「浪聲沈」卻是二、一語氣，和其他〈念奴嬌〉詞作不同，更不尋常。所以，從詞性和語氣角度看，「浪淘盡」較「浪聲沈」為「正常」。

　　第二則關乎格律的異文自然是下片換頭後第一句「羽扇綸〔音「關」〕巾談笑間」。這一句連同下一句共十三個字，本該與上片第一個韻腳後那十三個字的長度和平仄相應，停頓有七、六和四、三、六兩種。而北宋的仄韻〈念奴嬌〉無一首不是於這十三個字中的第七個字用仄聲。萬紅友《詞律》錄東坡〈念奴嬌〉赤壁詞，作「羽扇綸巾談笑處（句）檣艣灰飛煙滅（叶）」，康熙《詞譜》作「羽扇綸巾（句）談笑處（讀）檣艣灰飛煙滅（韻）」。《詞律》和《詞譜》作「談笑處」甚好，卻未知何所據。南宋胡仔（音「茲」）《苕溪漁隱叢話‧後集》卷三十一以及黃昇《唐宋諸賢絕妙詞選》卷二都作「談笑間」，「間」字平聲，不可作去聲讀，而洪邁並沒有提及黃庭堅手書本作「處」還是作「間」，現在恐怕已無從考證了。用「處」字，即謂諸葛武侯執羽扇、戴綸巾談笑之處，乃曹公樓船檣艣灰飛煙滅之所。

第三則異文在末尾第二句，官方提供的參考版本作「人間如夢」，洪邁時流傳版本作「人生如夢」，究竟「人間」好些還是「人生」好些呢？黃山谷、《漁隱叢話》、《草堂詩餘》、《唐宋諸賢絕妙詞選》作「人生」，《東坡樂府》、《宋六十名家詞》作「人間」。諸本作「如夢」，山谷作「如寄」。案蘇軾〈祭單君貺文〉云：「人生如夢，何促何延。」又〈醉蓬萊〉詞云：「笑勞生一夢，羈旅三年，又還重九。」都用「生」、「夢」。是以赤壁詞「人生如夢」最接近東坡風格。雖然蘇軾〈過淮〉、〈鬱孤臺〉詩都有「吾生如寄耳」句，但「吾生如寄」意義與「長恨此身非我有」（蘇軾〈臨江仙〉）接近，是因見景物之長存而興的人生如過客之感，終不及因緬懷歷史而興的「古今如夢」（〈永遇樂〉）和「人生如夢」之感貼切。

異義

說到「談笑處」這異文，不能不談及異義，那就是「羽扇綸巾」究竟指周瑜還是諸葛亮。

北宋詞人如何解釋蘇軾〈念奴嬌〉的「羽扇綸巾」，現在已不可知。南宋有詞人以之指諸葛亮，也有詞人以之指周瑜。

辛棄疾〈滿江紅・賀王宣子平湖南寇〉云：「笳鼓歸來，舉鞭問、何如諸葛。人道是、忽忽五月，渡瀘深入。白羽風生貔虎譟，青溪路斷猩鼯泣。」這「白羽」如果指白羽扇的話，肯定屬於諸葛亮。

辛棄疾〈阮郎歸・耒陽道中〉云:「揮羽扇,整綸巾。少年鞍馬塵。如今憔悴賦招魂。儒冠多誤身。」這裏羽扇和綸巾指自己,即自謂曾如諸葛一般統領軍隊,當然也暗喻自己有諸葛的才能。耒陽曾是蜀漢之地,諸葛亮曾到過。及耒陽歸吳時,周瑜已逝世。所以在耒陽道中想念諸葛亮,的確合乎行文法度。

張孝祥〈水調歌頭・汪德邵無盡藏〉云:「一弔周郎羽扇,尚想曹公橫槊,興廢兩悠悠。」明顯地以「羽扇」指赤壁之戰時的周瑜。

張孝祥〈水調歌頭・為總得居士壽〉也提及「綸巾羽扇」,詞云:「忽扁舟,凌駭浪,到三吳。綸巾羽扇容與,爭看列仙儒。」但這「綸巾羽扇」是總得居士的便服,以示其優游,與赤壁之戰無關。蘇軾〈永遇樂〉有「綸巾羽扇,一尊飲罷,目送斷鴻千里」(見《宋六十名家詞・東坡詞》。《全宋詞》作葉夢得詞),周邦彥〈隔浦蓮〉有「綸巾羽扇,困臥北窗清曉」,蘇軾〈自淨土寺步至功臣寺〉五古有「落日岸葛巾,晚風吹羽扇」,都是指一己的便服。類此者不再詳述。

南宋趙以夫〈漢宮春・次方時父元夕見寄〉云:「應自笑,周郎少日,風流羽扇綸巾。」此數句以少年時的周瑜比少年時的方時父和自己,且以「羽扇綸巾」屬周瑜。可以推想趙以夫以蘇軾〈念奴嬌〉的「羽扇綸巾」喻周瑜。

不過，要知道蘇軾以「羽扇綸巾」屬諸葛亮還是周瑜，還須從他本人的作品尋找線索。看過蘇軾的其他作品後，我認為〈念奴嬌〉的「羽扇綸巾」應該指諸葛亮。

以下是蘇軾提及「羽」或「巾」的作品：

蘇軾〈犍為王氏書樓〉七古：「書生古亦有戰陣，葛巾羽扇揮三軍。」南宋程縯注：「諸葛亮葛巾羽扇，指揮三軍。」《太平御覽‧服章部四‧巾》引《蜀書》曰：「諸葛武侯與宣王〔司馬懿〕在渭濱，將戰。宣王戎服涖事，使人視武侯，乘素輿，葛巾毛扇，指麾三軍，皆隨其進止。宣王聞而嘆曰：『可謂名士矣。』」杜甫〈詠懷古跡五首〉七律其五謂諸葛亮「伯仲之間見伊呂，指揮若定失蕭曹」，此當是蘇詩二句所本。此二句值得注意的是，諸葛亮是「書生」，非「跨馬擽陣」之輩，而是以統帥身分在戰陣以羽扇指揮三軍；而「葛巾羽扇」既是書生服飾，想也是一般人的便服。《蜀書》謂諸葛「乘素輿，葛巾毛羽」，想是要突出其從容而已。因此，蘇軾當不會在赤壁詞以「羽扇綸巾」屬周瑜，自亂體例。

蘇軾《聞喬太博〔喬敍，字禹功，時為太常博士，正八品〕換左藏〔西京左藏庫使，正七品〕知欽州〔以京官知欽州軍州事，其位不下於刺史，刺史從五品〕以詩招飲》七律：「陣雲冷壓黃茆瘴，羽扇斜揮白葛巾。」程縯注：「諸葛亮與司馬宣王對於渭濱，王戎服涖事，使人視亮，乘素車，葛巾羽扇，指揮三軍。」此聯正用諸葛亮「葛巾羽扇」指揮三軍的事，以想見喬敍知欽州時以主帥身分，在陣上服白葛

巾，以羽扇從容指揮軍士，一如諸葛亮。這裏「羽扇斜揮白葛巾」的取象正如「葛巾羽扇揮三軍」，前一首正喻諸葛，這一首則以喬左藏擬諸葛亮。

蘇軾〈送將官梁〔梁交，字仲通〕左藏赴莫州〉七古：「葛巾羽扇紅塵靜，投壺雅歌清宴開。」程縯注：「諸葛亮葛巾羽扇，指揮三軍。」此聯「葛巾羽扇」的意象，和上引兩詩全同，用以喻梁得以武官知軍州事，乃能展其諸葛之材，使戰塵不起，清宴能開。

蘇軾〈祭常山回小獵〉七律：「聖朝若用西涼簿，白羽猶能效一揮。」「白羽」接以「揮」字，當是指白羽扇無疑。李厚注：「晉〈顧榮傳〉〔《晉書・顧榮傳》〕：『齊王冏為大司馬主簿。周玘與榮謀起兵攻陳敏，榮發〔《晉書・顧榮傳》作「榮廢橋」，是〕，斂舟於南岸，敏率萬餘人出，不獲濟。榮麾以羽扇，其眾潰散。』」趙堯卿注：「晉謝艾為西涼州簿，又本書生，使之用兵。」《晉書・張軌傳》云：「〔涼州〕主簿謝艾，兼資文武，明識兵略，若授以斧鉞，委以專征，必能折衝禦侮，殲殄凶類。」又云：「艾乘軺車，冠白帢，鳴鼓而行。秋〔麻秋〕望而怒曰：『艾年少書生，冠服如此，輕我也。』命黑矟龍驤三千人馳擊之。艾左右大擾。左戰帥李偉勸艾乘馬，艾不從，乃下車踞胡牀，指麾處分。賊以為伏兵發也，懼不敢進。張瑁從左南緣河而截其後，秋軍乃退。艾乘勝奔擊，遂大敗之。」東坡此聯正用其事，「白羽」是想當然之詞。梁簡文帝〈賦得白羽扇〉詩云：「可憐白羽扇，卻暑復來氛。終無顧庶子，誰為一揮軍。」用顧榮事。「白羽」句道出蘇軾以謝艾為法的心意，也可能

兼及諸葛亮和顧榮事。此二句東坡自況，西涼簿喻書生，因是書生，故希望效諸葛亮、顧榮、謝艾等在軍中持白羽扇，指揮軍士。

蘇軾〈與歐育等六人飲酒〉七律：「苦戰知君便〔平聲，「便宜」之「便」，習也，巧也〕白羽，倦游憐我憶黃封〔酒名〕。」程縯注：「諸葛亮葛巾羽扇，指揮三軍。」趙次公注：「『白羽』言於『苦戰』之下，則子路云：『赤羽若日，白羽若月〔見《孔子家語・致思》〕。』盡言箭羽也。故不憚苦戰，則便之。非謂白羽扇也。」兩注比較，趙注較合理。這裏「白羽」前後沒有「揮」字，很難確定是白羽扇。在陣上揮動白羽扇是文官主帥的象徵，一般將官都穿戎服，是不可能手持羽扇上馬殺敵的。據趙堯卿題下注：「〔歐育〕字才叔，元豐中為南京將官。」既是將官，當然戎服騎射。「便」是「便習」，即「熟習」，似乎形容射箭比揮動羽扇合理。果如是，則詩中的「白羽」就與本節的主題無關。

總括來說，從蘇軾的作品推斷，〈念奴嬌〉赤壁詞的「羽扇綸巾」不指周瑜。《三國志・吳書・周瑜傳》謂瑜「跨馬擽陳〔「陳」通「陣」〕」；裴松之注赤壁戰事，引《江表傳》云：「瑜等率輕銳尋繼其後，雷鼓大進，北軍大壞，曹公退走。」瑜既為武將，則當戎服臨陣，豈可如書生般執羽扇，服綸巾。足見南宋以還，以「羽扇綸巾」屬周瑜者非是。蘇軾〈念奴嬌・赤壁懷古〉以瑜、亮概括「風流人物」和「多少豪傑」。言瑜，則有「三國周郎赤壁」和「遙想公瑾當年，小喬初嫁，了雄姿英發」。《三國志・吳書・周瑜傳》云：「瑜長壯有姿貌。」《三國志・吳書・呂蒙傳》云：「公瑾

雄烈，膽略兼人。」又云：「子明〔呂蒙字子明〕......可以次於公瑾，但言議英發不及之耳。」言亮，則有「羽扇綸巾談笑處，檣艣灰飛煙滅」。《三國志‧蜀書‧諸葛亮傳》載亮説孫權同盟拒曹，言簡辭切。又云：「權大悅，即遣周瑜、程普、魯肅等水軍三萬，隨亮詣先主〔劉備〕，并力拒曹公。」蘇軾〈嚴顏碑〉五古：「先主反劉璋，兵意頗不義。孔明古豪傑，何乃為此事。」雖然對諸葛亮有微辭，卻稱他為古豪傑。杜甫〈詠懷古跡五首〉七律其五云：「諸葛大名垂宇宙，宗臣遺像肅清高。」又云：「伯仲之間見伊呂，指揮若定失蕭曹。」所以蘇東坡云：「羽扇綸巾談笑處，檣艣灰飛煙滅。」亦甚切合。赤壁交兵時，諸葛亮何所服，固不得而知。東坡謂「羽扇綸巾」者，但取其警動；猶如赤壁之戰時小喬已嫁周瑜九年，尚云「小喬初嫁」者，亦取其警動而已。「雄姿英發」見瑜之勇剛，「綸巾談笑」見亮之智柔，對比昭明，正合詩人之法。

東晉袁宏〈三國名臣頌〉引言論諸葛亮，有「孔明盤桓，俟時而動。遐想管樂，遠明風流」等句；論周瑜，則有「公瑾卓爾，逸志不羣。總角料主，則素契於伯符；晚節曜奇，則三分於赤壁」等句。至於頌文，頌諸葛亮則有「堂堂孔明，基宇宏邈〔入聲〕。器同生靈，獨稟先覺。標牓風流，遠明管樂」等句；頌周瑜則有「卓卓若人，曜奇赤壁。三光參分，宇宙暫隔」等句。蘇軾似乎已參用其文。赤壁在吳地，周瑜是主將，蘇詞謂「三國周郎赤壁」或「三國孫吳赤壁」，非常合理；而蘇詞的「千古風流人物」則直用袁文的「風流」，而袁文的「風流」一詞正用來形容諸葛亮。

研究求真，考試求分

一篇不太長的韻文竟然有這麼多的問題，中學生應該如何處理？我的回答是，管它有多少問題，總之按官方提供的參考版本背誦、牢記、細味，自然會不斷悟出道理來。還有，研究求真，考試求分，考公開試時千萬別拿那些異文異義來炫耀，因為中學考試並不是讓考生展示研究成果的場合，如果被閱卷員狠狠地減去幾分，作為離題的懲罰，那就「吃虧在眼前」了。中學生要學會《老子》所說的「和其光，同其塵」，以及孟子所說的「不得於心，勿求於氣」，總之要學會包容，按照官方的指示記誦內文和回答問題，拿了高分再說。要作深入研究的話，可以留待進入大學之後。

〈念奴嬌·赤壁懷古〉並不是範文中唯一有文字訓詁問題的篇章，其他的範文或多或少都有，但是都不妨礙我們予以記誦和賞析。

〈回鄉偶書〉

有一首不在新高中中國語文科範文之內，但大家都耳熟能詳的七言絕句，叫〈回鄉偶書〉，只二十八個字，大約有〈念奴嬌〉四分之一的長度，問題更多。我把較常見的版本臚列出來，為這篇文章殿後。大家看後就會明白箇中道理了。

①〈回鄉偶書二首〉其二　　　　　　　　　賀知章

　幼小離家老大回，鄉音難改面毛腮。

家童相見不相識，卻問客從何處來。

〔明嘉靖本南宋洪邁《萬首唐人絕句》卷二十二〕

② 〈還鄉偶書〉其二　　　　　　　　　　　　　　黃拱

少小離家老大回，鄉音難改鬢毛衰。

兒童相見不相識，借問客從何處來。

〔清《四庫全書》本南宋祝穆《古今事文類聚・別集》卷二十五〕

③ 〈還鄉偶書〉其二　　　　　　　　　　　　　　黃拱

少小離家老大回，鄉音難改鬢毛懇。

兒童相見不相識，卻問客從何處來。

〔清《四庫全書》本南宋謝維新《古今合璧事類備要・續集》卷四十七〕

④ 「賀知章云：『兒童相見不相識，笑問客從何處來。』」

〔清丁福保《歷代詩話續編》本宋末元初范晞文《對牀夜語》卷三〕

「賀知章〈還家〉云：『兒童相見不相識，卻問客從何處來。』」

〔《對牀夜語》卷四〕

⑤ 〈回鄉偶書〉　　　　　　　　　　　　　　　　賀知章

少小離鄉老大回，鄉音無改髮毛衰。

兒童相見不相識，笑問客從何處來。

〔清《四庫全書》本元楊載《唐音》卷七〕

⑥〈回鄉偶書二首〉其一　　　　　　　　　　　賀知章

少小離鄉老大回，鄉音無改鬢毛衰。

兒童相見不相識，笑問客從何處來。

〔清《四庫全書》本明高棅《唐詩品彙》卷四十六〕

⑦〈回鄉偶書〉　　　　　　　　　　　　　　　賀知章

少小離鄉老大回，鄉音無改鬢毛衰。

兒童相見不相識，笑問客從何處來。

〔唐汝詢注：「『衰』字失韻，疑當作『摧』。」〕

〔清康熙《刪訂唐詩解》刊本明末唐汝詢《唐詩解》卷十三〕

⑧〈回鄉偶書〉其一　　　　　　　　　　　　　賀知章

少小離鄉老大回，鄉音無改鬢毛摧。

兒童相見不相識，笑問客從何處來。

〔沈德潛注：「原本『鬢毛衰』，『衰』入四支，音『司』〔按：誤，「衰」並不音「司」〕，十灰中『衰』音『綾』，恐是『摧』字之誤〔按：又誤，「綾」清「摧」濁，本不同音〕，因改正。」〕

〔清乾隆教忠堂刊本清沈德潛《唐詩別裁》卷十九〕

⑨〈回鄉偶書〉其一　　　　　　　　　　　　　賀知章

少小離鄉老大回，鄉音難改鬢（一作「面」）毛衰。

兒童相見不相識，笑（一作「借」，一作「卻」）問客從何處來。

〔清康熙刊本《全唐詩》第二函第六冊〕

⑩〈回鄉偶書〉　　　　　　　　　　　　賀知章

少小離鄉老大回，鄉音無改鬢毛催。

兒童相見不相識，笑問客從何處來。

〔清道光《唐詩三百首注疏》刊本清孫洙《唐詩三百首》〕

一首七言絕句，已經存在着這麼多問題，一個中學生如果要加以窮源究始，會相當吃力，而且難有成果。倒不如把通行版本背誦了，日後或細味推敲，或深入剖析，每有會意，可能會欣然忘食，這樣也稱得上「愉快學習」了。

不如學也

「十年浩劫」之後，當局重推範文，而且鼓勵高中學生背誦那些「指定閱讀篇章」，學生可以在適量的壓力下和適當的指導下背誦名篇，不論拿哪個版本背誦，都一定較不背誦好。背誦為思考提供材料，為學生帶來滿足感，使學生有備而戰，重拾對駕馭中文的自信心，更能陶冶性情以至變化氣質，這個背誦的機會千萬不要錯過。

愉快學習
學習還是不學習

甚麼是「愉快學習」?

從前教育署署長黃星華強調「愉快學習」,這口號很容易被曲解。「愉快學習」不等於不下苦功,不記誦,不思考,甚至不學習,而是指老師要增強學生的學習興趣,使他們不怕辛苦,快樂地學習。有甚麼可以使他們快樂地學習?除了教與學的目標清楚、老師講解生動、鼓勵學生發問和討論之外,看來就是以比賽和遊戲激勵他們,藉以增強他們學習的興趣。廣義的比賽包括考試,因為考試使學生希望得到高分。得到高分固然會非常愉快,希望得到高分而準備考試的過程也因此不會不愉快。遊戲是活的教學,在中學和大學,「模擬遊戲」更是某些科目必備的環節。遊戲包括課外的比賽,像康樂及文化事務署的詩詞比賽,每年都有不少學生參加。這個比賽除了讓他們拿獎金獎杯外,對他們欣賞和研究名家詩詞有很大幫助。我們小時候玩清代的陞官圖,除了學會很多生字外,對清代的官名和官制也增加了認識,提高了讀中國歷史的興趣。遊戲和課外的比賽能增加整體學習的情趣,它們的作用不容輕視。

容許孩子失敗

考試是整體學習的一個重要環節，能為下過苦功的學生帶來滿足感、成功感，也給每一個學生檢視自己的進度和水平的機會。當然，考試為你帶來成功感，卻可能為我帶來挫敗感，使我一蹶不振，這是現代教育心理專家最不希望見到的。所以一些文明地區的公開考試就索性放棄傳統和明顯的分級法，而改用新穎和模糊的分級法去減輕一部分學生的挫敗感。我們參考外國評核制度而擬定的看似五級、實則七級的分級法就是一個好例子。5看似頂級，實則其上還有 5 * 和 5 **，即還有 6 和 7，但這種模糊的分級法的確令一部分學生好過些。日後當這個分級法不足以減輕挫敗感的時候，或者考評家可以考慮在 5 上面設「5 一星」至「5 五星」，並且嚴禁把考試表現評為 U、1 和 2，交白卷也只可評為 3，這又可以再減輕挫敗感了。現在的教育理念似乎是：求學時不應該有挫敗感，否則就不是「愉快學習」。日後在求職時，在職場上，挫敗感一定會來，但到時心智較為成熟，應該懂得如何應付。不過，我以為成熟的心智是從小經過成敗輸贏培養出來的。一個心智成熟的人能容忍，能諒解，能和而不同，能從不同的角度而不只是自己的角度看問題，能接受批評，能反省，能認錯，充滿自信但不自滿。未受過挫折的孩子能嗎？這樣看來，一味追求沒有挫敗感的「愉快學習」，孩子可能輸不起。

香港是一個競爭劇烈的國際都會，愉快學習一定要以自我裝備為目的，要能自我裝備就先要下苦功，所以愉快應該從苦功中

獲取，不能從逸樂中得到。但別忘記，只有老師能有系統地引導和輔助孩子們在劇烈競爭的陰影中快樂地學習。老師要引導他們學和思，讓他們通過學和思萌生創意，使他們能牢記、能分析、能守舊、能創新，使他們具備競爭力。在香港這個國際都會中，甚至在地球村中，我們不去搶別人的飯碗，別人也會嘗試搶我們的飯碗。與其埋怨海內外的人來搶飯碗，不如不斷自我增值，迎接挑戰。

成功來自磨練

我讀中學的時候總覺得學習並不是一件愉快的事，因為日夜都與書本為伍，很多老師不見得講解得清楚，我們聽不明白又不敢發問，因為發問會受罰。現在讀中學要求更高，要學生能文能武，校內和校外的活動都要計分，比我們讀中學時更苦。不過現在每個行業競爭都大，不努力學習便會失去競爭力。

反觀以前我在香港大學讀書時就相當輕鬆。當時文學院第二年不設考試，我們稱第二年為「蜜月年」，很多同學出去賺外快，我則全神貫注從事學生會工作。港大在 1963 年之前一直是香港唯一的大學，進港大讀書的都是精英中的精英。當時社會流行的想法是：精英能自學，所以教師只須提綱挈領、跟他們坐而論道，讓他們自由自在地思考就行，反正他們畢業後自然會成為社會棟樑。可是好景不常，香港中文大學在 1963 年 10 月成立，並沒有蜜月年。有見及此，港大就不能不改變傳統，在我入學的翌年取

消蜜月年這一大優惠。

　　我在港大中文系的生活十分愜意，想不愜意也不行，因為老師都只是提綱挈領指點一下，學生就自己找材料，為第三年的畢業試作準備，總之是各自修行，老師和學生都像沒甚麼壓迫感。有時老師講得高深，同學未必聽得懂，而老師也未必知道學生不懂，因為平時沒有測試。古典詩歌就是一例。老師是大詩家，但一些同學甚至連平上去入是甚麼都不知道。有一天我問老師會不會教平仄和詩格律，老師大為詫異，只說這些都是中學就要懂的東西，為甚麼要在大學教。但事實是，這些東西中學教師都未必懂。不過我懂，所以教與不教對我毫無影響。過了幾年，很多中文系的同年級同學做了中學教師，我問其中一人教不教詩格律，他說沒學過怎麼去教，然後還說：「不要緊，我已經告訴學生那是大學程度的東西，中學不教。」

　　十多年後，我去香港中文大學中國語言及文學系教書，只見課程滿是必修科，文字、聲韻、詩選都在必修之列。我於是問系主任，這麼多必修科，我們豈不是把大學生看成中學生？系主任說：「打好他們的基礎，他們才會打好中學生的基礎。」我越想越覺得有道理。就以古典詩歌為例，學生要辨平仄，學格律，作對聯，作律詩，磨練了整個學期甚至整個學年，不少學生還有未盡善之處，何況不磨練？

失敗中悟道理

說起成敗輸贏，現在大家喜歡說「贏在起跑線上」，能從開頭贏到收尾固然十分理想，怕的是太早習慣了成功，之後很難接受失敗。但失敗的打擊早晚會來，一個無法面對和接受失敗的人恐怕會徹底失敗。

我小時候十分頑皮，所以讀小四時父母中途就送我去寄宿，讓我學習適應有規律的學校生活。我不幸成為插班生，更不幸的是因為我插班，於是成為整個小學部唯一的新生。入學第一天就被人叫作「新丁」，每隔一兩天就有同學糾黨而來，強迫我用拳腳跟他們一較高下，所以每隔一兩天我就要跟來意不善的學生大打出手，如是者兩三個月才平靜下來。不要以為小學生年紀輕不懂事，其實他們羣居時可以相當頑劣和兇悍。而我為了保護自己，就變得有些好勇鬥狠，起碼十分好勝。

過了幾年，我對父親說要學某外家門派的功夫，心裏想着那些功夫見效快。誰知父親說：「打外家拳的師傅我不認識。不過鄭榮光師傅是我的好朋友，我請他來家裏教你。」鄭榮光老師是極負盛名的太極宗師，怎會上門教學生？誰知父親一個電話，他就來了。鄭老師要向我展示中國功夫的內涵，他先要我一拳打向他的腹部，不要留情。怎知我的拳頭一碰到他的腹部，整個人便給震退了幾步。鄭老師繼而叫我雙手按着他兩肩，嘗試推倒他，可是我怎樣也推他不倒。然後兩人對調位置，他兩個指頭點一下我

的肩膀，我立刻飛跌在沙發椅上。再接下來當然是心悅誠服地學那一百零八式太極拳。如是者過了兩年，一天，鄭老師說：「我不來你家打擾了，你晚上來我家吧。」我晚上應約，鄭老師說：「你是文人，料你不會在外面惹是非。我現在收你為徒，你可遞上拜帖，叩頭拜師。」於是那一年忙於學氣功，學形意拳、八卦拳，練刀練劍，練定步推手、大履步、九宮步，比讀書更有趣。鄭老師當時在銅鑼灣怡和街有一間武館叫「榮光健身學院」，有一天他對我說，學院每星期有兩晚在天台「落蓆」（在蓆上搏擊，包括摔跤），那裏很多高手，他會帶我去向他們討教。鄭老師說我未必是他們的對手，所以不要老想着打贏，反而要樂於輸給他們，多些給他們摔倒，從而學懂怎樣跌倒而不受傷，同時又可以練習一下聽勁。

從那時起，我逐漸學會從失敗中領悟道理，領略到失敗的用處。因為成功的感覺本是片面的，有了失敗的感覺，成功的感覺才會變得全面。漸漸地，我學會從不同的角度看問題，體會到「一山還有一山高」的道理，明白了「知己知彼」的重要性，人也變得較為謙遜隨和了。

過了大半年，鄭老師說我不用再去落蓆了，免得我過於沈迷，影響學業。回想那幾年，就像上了一連串活生生的中國哲學課。

愉快地學歷史

香港的初中學生似乎並不十分喜歡上中國歷史課，因為他們覺得中史課枯燥、呆板。到高中時就索性不選修中國歷史了。如果教歷史由講故事開始，又把故事中的角色描述得生動傳神，效果可能會好一些。

沒有身為中國人而不讀中國歷史之理。中國人讀中國歷史，英國人讀英國歷史，美國人讀美國歷史，都是天經地義的事。每個國家的政府都樂於見到國民對國家民族有歸屬感，以國家民族為榮。這樣才易於把人民團結起來，為國家作出貢獻。國民對本國歷史越熟悉，為國家作出貢獻的機會就越大，本國歷史就是國民教育的一個重要科目。

中國由夏代算起有超過四千年歷史，由西周算起有超過三千年歷史，和 1776 年建國的美國相比，歷史長得多，也複雜得多，小孩子不容易掌握。我國的上古史不容易引起共鳴，偏偏我們小時候讀歷史一定先讀上古史。但上古社會和人民的生活方式跟現代相差很遠，老師要有耐性地、生動地講解。如果老師不能生動地教歷史，如果課程的限制使他們無法生動地教歷史，那麼歷史科本身就會「輸在起跑線上」了。

我認為，在初中甚至小學教歷史，不論課程設甚麼限制，老師都不妨盡量以人物為軸心，以講故事的方式講授。小孩子喜歡

聽故事，而故事中人的言行、際遇、下場，都足以令小孩子思考，因而有所領悟。講歷史故事就是推廣德育。

我們小時候喜歡看連環圖，連環圖生動活潑，勝過當時形式呆板的歷史教科書不知多少倍。就是那些連環圖令我們喜歡歷史。現在電子遊戲也摻雜了不少歷史故事和傳說，一旦那些歷史人物的名字留在腦海裏，日後在歷史書中看到那些名字就會感到特別親切，這也就是活的教學。至於有系統地分析、評論，當然是高中課程的事了。

學好《論語》
讀範文第一篇，友名師第一人

引言

香港新高中中國語文科在 2015 年引入十二篇古文範文讓學生背誦和賞析，使我們在學習中國語文的過程中，逐末而不捨本，厚今而不薄古；又加深我們對中國文化的認識，使我們的思想不至於浮游無根，在運用語文時不至於言之無物。此舉既嘉惠香港學子，又嘉惠中國文化，主其事者真可謂立了大功德。

十二篇範文以《論語》其中十六章冠首，這是一個好安排。因為《論語》對我國傳統文化影響至深；且孔子在《論語》中闡述的價值觀，雖日久而彌新，既支配了古代社會的思想，也十分切合當今社會的需要，對我們修身、齊家、治國都能起到相當大的啟發作用。所以《論語》不可不讀。

孟子説：「頌其詩，讀其書，不知其人可乎？是以論其世也。是尚友也。」（《孟子・萬章下》）我們因範文而讀《論語》，因讀《論語》而尚友眾人的老師孔子，也算是今古結緣了。孔子説：「十室之邑，必有忠信如丘者焉，不如丘之好學也。」（《論語・公冶長》）

但願孔子的好學精神能感染我們。

　　《論語》是孔子和他的弟子的語錄，是孔子學說的寶庫，也是修身、齊家、治國的寶鑑。《論語》的編撰者應該是孔子的弟子和再傳弟子，尤其是曾參和有若的門人。這是因為在《論語》中，編者引錄孔子的弟子都稱名字，唯獨稱曾參為「曾子」，稱有若為「有子」，[注]以至連司馬遷也可能不知道有若的別字，所以《史記‧仲尼弟子列傳》並沒有提及有若的別字。三國魏王肅注本《孔子家語‧七十二弟子解》則謂有若字子有，是真是假就無從知曉了。

仁

　　簡要地說，《論語》是一本論「仁」的書。能體仁、行仁的人就是仁者。但是仁必須用「知」（去聲，同「智」）來調節，才是真仁。否則一位「好仁者」因為充滿愛心，就很容易受騙，那就成事不足、敗事有餘了。

　　《論語‧顏淵》：「樊遲〔樊須字子遲〕問仁，子曰：『愛人。』問知，子曰：『知人。』」不知人而愛人，就屬不智。

　　《論語‧陽貨》記載了孔子這段話：「好仁不好學，其蔽也愚。好知不好學，其蔽也蕩。」就是說，好仁道而不讀書學習，因而智能不足，就會顯得愚直。不過，如果只運用智能，而不積學修身，就會顯得放蕩。靠一點聰明而放棄實學，並不是真的仁者和

智者應該做的。所以説到底還是要學，學能生智，有智才可以成為真正的仁者。

忠恕

仁最能表現在忠恕之中。《論語‧里仁》：「曾子〔曾參字子輿〕曰：『夫子之道，忠恕而已矣。』」曾子正是用「忠」和「恕」來彰顯孔子的仁道。東漢許慎《説文解字》：「忠，敬也。」「恕，仁也。」「仁，親也。」仁和恕在概念上尤其接近。

仁是道德的最高境界，但是，在日常生活之中，仁也不過是一種待人之道而已。再説得具體一點，忠、恕就是我們應有的待人之道，因為仁因忠、恕而得以彰顯。

《論語‧子路》：「樊遲問仁，子曰：『居處恭，執事敬，與人忠。雖之夷狄，不可棄也。』」就是説，「恭」、「敬」、「忠」，不論我們到哪裏，都不可以棄而不行。「與人忠」即與人交往要忠誠。

《論語‧衛靈公》：「子貢〔端木賜字子貢〕問曰：『有一言而可以終身行之者乎？』子曰：『其恕乎！己所不欲，勿施於人。』」「己所不欲，勿施於人」這兩句話在《論語》中出現過兩次（另一次在〈顏淵〉），可見孔子對不同的學生都是説同樣的恕道：「己所不欲，勿施於人。」但是，如果己所欲呢？那就最好先施於人。《論語‧雍也》記載了孔子這幾句話：「夫仁者，己欲立而立人，己欲

達而達人。」我們想立身、進達，最好就是先立達他人，那就合乎仁道了。可是實行起來卻一點也不容易。

仁知

既仁且智，就能分辨好人、壞人、君子、小人。《論語・里仁》：「子曰：『唯仁者能好人，能惡人。』」一位真正的仁者，是不會像喜歡君子一樣喜歡小人的。除非那個小人覺悟、改過、修德，否則仁者會厭惡他，因而疏遠他，免受不良影響。這就是用「知」去調節「仁」的一個說明。

《論語・里仁》：「子曰：『不仁者不可以久處約，不可以長處樂。仁者安仁，知者利仁。』」一個不仁的人窮得太久就會為非作歹，富得太久就會驕奢淫逸。但是一位仁者不論貧窮還是富有，都會安於仁道。智者明白仁道的美好，就會善用仁道。要成為智者，就一定要學。所以《論語・學而》說：「子曰：『君子食無求飽，居無求安，敏於事而慎於言，就有道而正焉，可謂好學也已。』」我們學習不只是在課堂上，我們要每一刻都學習，因為學習可以明理。所以「好仁」、「好知」，也要「好學」才行。

《論語・雍也》：「子曰：『知者樂水，仁者樂山；知者動，仁者靜；知者樂，仁者壽。』」意思是：智者靈活如水，所以喜歡水；仁者安穩如山，所以喜歡山。智者務進取，所以動；仁者無貪慾，所以靜。智者動而有成，所以歡樂；仁者安靜寡慾，所以壽考。

這是仁、知並舉的一個例子。

知仁勇

孔子又知、仁、勇同舉，如《論語・子罕》：「子曰：『知者不惑，仁者不憂，勇者不懼。』」智者明白事理，所以不會疑惑；仁者樂天知命，所以不會憂慮；勇者剛毅果敢，所以不會恐懼。孔子之所以把知、仁、勇分開來說，其實是強調君子不同的性格，因為真的智者必有仁勇，真的仁者必有智勇，真的勇者必有智仁。

《論語・憲問》：「子曰：『君子道者三，我無能焉：仁者不憂，知者不惑，勇者不懼。』子貢曰：『夫子自道也。』」孔子自謙能力不及，子貢則說老師在形容自己，意思當然不是孔子在刻意說自己具備知、仁、勇之德，但孔子的確希望自己能配得上這「三達德」。子貢則認為老師是絕對配得上的，可見老師謙虛，而學生對老師則充滿敬意。

學思

好仁、好智，一定要配以好學。在《論語》中，「學」一般指尋求知識和慎思明辨。但是，如果「學」、「思」並舉，「學」則只指尋求知識。

《論語・學而》：子曰：『學而時習之，不亦說乎？有朋自遠方

來，不亦樂乎？人不知而不慍，不亦君子乎？』」學而時常溫故，就會有所得。同門曰朋，同志曰友，有朋友自遠方來和我論道，和我講習，是一件多麼快樂的事。縱使別人不賞識我，我也不氣惱，這就是君子所為。這裏的「學」其實已隱約包括了「慎思明辨」的概念。

《論語・為政》：「子曰：『學而不思則罔，思而不學則殆。』」這裏的「學」則只指「尋求知識」。學而不尋思其義，就會惘然無所得。如果思而不學，最終不但無所得，而且令自己精神疲殆。〈衛靈公〉：「子曰：『吾嘗終日不食，終夜不寢，以思，無益，不如學也。』」這裏的「學」也指「尋求知識」。

《論語・子張》：「子夏曰：『博學而篤志，切問而近思，仁在其中矣。』」由學習、明理到體仁、行仁，這是一個漸悟的過程。漸悟到一個地步，豁然開朗，這就是頓悟的境界。《論語・述而》：「子曰：『仁遠乎哉？我欲仁，斯仁至矣。』」所謂仁道不遠，行之即是（魏何晏《論語集解》引東漢包咸語），時機成熟的時候，只需一念，就可以成為仁者。

孝

仁者必孝。《孝經・開宗明義》：「子曰：『夫孝，德之本也。教之所由也。』」孝是德之本，是教化之所從出，所以古時的仁人君子都極重視孝道。仁者愛人，自親而及疏，至親則莫如父母了，

怎可以不愛？父母生我育我，怎可以不敬？敬愛父母就是孝行的發揮。

《大戴禮記‧曾子大孝》：「曾子曰：『孝有三：大孝尊親，其次不辱，其下能養。』」曾子把孝行分為三等，最偉大的孝行是尊敬父母。對父母有尊敬之心，能奉行父母的意旨，當然是最高等的孝行，因為一切禮節，都以能發自內心最為可貴。次一等的孝行是不羞辱父母。這個範圍很廣，如果我們對別人無禮，被人罵「沒家教」，我們就肯定羞辱了父母。如果我們做了錯事，被人譏諷辱罵，甚至被繩之以法，我們也肯定羞辱了父母。因為我們是父母的子女，我們的身體是父母身體的延續，子女和父母是同氣的。所以，子女受羞辱即父母受羞辱。曾子實則是在勸勉我們立身處世要謹慎。孝行的最下等，就是只做到養活父母，即只照顧父母的日常生活，使父母不愁衣食。這當然絕對不能說不孝，不過僅是能養父母的「口體」（《孟子‧離婁上》：「此所謂養口體者也。」口體即口腹和身體），而不從心底尊敬父母，又不謹於修身，只能說是達到孝的最低要求，也只能算聊勝於無而已。

《論語》有不少論孝的篇章，其中有若說得較為詳細。《論語‧學而》：「有子曰：『其為人也，孝弟而好犯上者鮮矣；不好犯上而好作亂者，未之有也。君子務本，本立而道生。孝弟也者，其為仁之本與？』」孝所以事父母；「弟」即「悌」，所以事兄長。有子認為孝和悌是仁之本，說的是以孝治國，而仁政易行。如果臣是孝悌之臣，人君就能維持朝廷和社會的秩序，國家就容易統治。

當然，孔門學說也要求君是孝悌之君，不然這個統治秩序就難以維持了。

不過，有若所說的正是仁者必孝的道理。《論語・學而》又說：「子曰：『弟子入則孝，出則弟，謹而信。汎愛眾而親仁。行有餘力，則以學文。』」何晏引東漢馬融曰：「文者，古之遺文。」所謂孔門四科，以「德行」居第一，「文學」居第四，孔子心目中四科的次第，這裏可見端倪。所以孝悌與仁，一如忠恕與仁，是相表裏的。

清世的《弟子規・總敘》：「弟子規，聖人訓。首孝弟，次謹信。汎愛眾，而親仁。有餘力，則學文。」就是據《論語・學而》這一章寫成的。

義

君子時刻不違仁，舉止自然合乎義。「義」字，現存的古籍也作「誼」。《說文解字》：「誼，人所宜也。」「義，己之威儀也。」可以說，「義」是「誼」的假借字。

《論語・為政》：「子曰：『非其鬼而祭之，諂也。見義不為，無勇也。』」何晏引東漢鄭玄曰：「人神曰鬼。非其祖考而祭之者，是諂求福。」又引西漢孔安國曰：「義所宜為而不能為，是無勇。」這一章謂拜祭別人的先人會被視為諂諛，見到宜為（應該做）的事而不為，就是無勇。拜祭人親是不應該做而做，見義不為是應該

做而不做。孔安國正是用「宜」釋「義」。

孔子也用義和利作對比。《論語‧里仁》：「子曰：『君子喻於義，小人喻於利。』」何晏引孔安國曰：「喻，猶曉也。」北宋邢昺《論語注疏》：「此章明君子小人所曉不同也。喻，曉也。君子則曉於義，小人則曉於財利。」《論語‧憲問》記載孔子論何謂「成人」：「見利思義，見危授命，久要〔讀陰平聲，約也，困窮也〕不忘平生之言，亦可以為成人矣。」這裏也用了「義」和「利」作對比。何晏引東漢馬融曰：「義然後取，不苟得。」意即義在利之先，合義的利才取。孔子在〈述而〉說的「不義而富且貴，於我如浮雲」就是這個意思。

《論語‧陽貨》：「子路曰：『君子尚勇乎？』子曰：『君子義以為上。君子有勇而無義為亂，小人有勇而無義為盜。』」邢昺解釋最後兩句說：「君子指在位者，合宜為義。言在位之人有勇而無義則為亂逆，在下小人有勇而無義則為盜賊。」而同一篇孔子談「六蔽」，其中有「好勇不好學，其蔽也亂」。邢昺說：「勇謂果敢，當學以知義。若好勇而不好學，則是有勇而無義，則為賊亂。」孔子認為學可以知義，經過積學和思辨，行事就會合宜，合宜即合乎義。

君子

在《論語》篇章中，常看到「君子」一詞，與「小人」一詞對比。

君子一定是仁者。但是「君子」的概念源自人君，本來該指統治者、領導人。基於孔子「君君」的理想，君子就該指有才德的統治者、領導人。《詩經》中的「君子」有時是男子的美稱，使他顯得尊貴。經過孔子的新詮後，君子主要指有才德的人。而小人就由社會地位低的人再變而成為才德不足的人。

在《論語》中，孔子為「君子」作了不少描述。《論語‧述而》：「子曰：『聖人吾不得而見之矣；得見君子者，斯可矣。』」這一章的「君子」，孔子用以指有才德之君。就是說，像堯、舜、禹、湯這些上聖之人，孔子已見不到了，但是能見到有才德之君也好。言下之意，有才德之君，孔子當時也見不到。但是，我們都知道，在《論語》其他篇章中，孔子尤其重視「君子」這稱謂的道德內涵，總之有才德的人才稱得上是君子。縱使如此，《論語》並沒有為「君子」下一個十分明確的定義。關於「君子」的定義，《禮記‧曲禮上》說：「博聞強識〔音「誌」〕而讓，敦善行而不怠，謂之君子。」一個人博於見聞，強於記憶，又能謙讓，並且敦篤於善行，從不怠慢，就稱得上是君子。很明顯地，君子是才德過人的。

在《論語》中，孔子從不同角度形容君子。比如《論語‧雍也》：「子曰：『質勝文則野，文勝質則史。文質彬彬，然後君子。』」意思是：一個人過於質樸而文采不足，就會像村野之夫。如果文采過多而不夠質樸，就會像史官。史官即文官，文官重視禮制，所以往往拘泥於形式。只有既質樸又有文采，才足以成為君子。「文質彬彬」即文質俱盛，也即文質相半。換言之，君子的

言行舉止，一定要合乎中庸之道，不偏不倚。

　　讀書而明理，或許會成為君子。但讀書卻不一定成為君子。《論語·雍也》：「子謂子夏〔卜商字子夏〕曰：『女〔即「汝」〕為君子儒，無為小人儒。』」在孔子的時代，「儒」指有學識的人。君子為儒則能以文明道；小人為儒，只會矜誇才名。所以孔子就要子夏做一個以文明道的讀書人。

　　《論語》也有不少君子與小人對比的篇章。如《論語·為政》：「子曰：『君子周而不比〔去聲〕，小人比而不周。』」這一章說明了君子與小人德行不同。君子只有和人志同道合，不會偏私結黨；小人則只會偏私結黨，不會和人志同道合。因為小人都喻於私利，不會為他人設想，所以很難和人志同道合。又如《論語·子路》：「子曰：『君子和而不同，小人同而不和。』」這一章說明君子與小人志行不同。君子與人相處很和諧，但不會隨便跟人認同；小人隨便跟人認同，但是往往與人不和。君子是無所爭的，是謙讓的，所以與人相處可以保持和諧。但是君子博聞強識，跟一般人的見解和愛好未必相同，所以不會隨便附和別人。小人的嗜好彼此相同，大家都喜歡利己，所以很容易跟人認同。但是因為大家都只顧及自身利益，最後一定你爭我奪，所以說「小人同而不和」。

為政

　　《論語》第一篇是〈學而〉，第二篇是〈為政〉，為政就能以所學兼善天下。在《論語》中，我們常看到孔子表達對為政的意見。孔子自幼好禮，長大後在魯國做過小吏，其後當了大官，最高的職級是大司寇攝相事。棄官後和弟子周遊列國，宣揚仁政，遇到不少挫折，但視野卻更加開闊，對仁道有更深入的理解。所以孔子的為政之論，並非空言，而是經驗之談。孔子的為政之道就是行仁政。

　　《論語・顏淵》記載孔子和魯國上卿季康子（季孫肥，諡康）一連三章的對話，清楚地顯示了孔子對仁政的看法：「季康子問政於孔子。孔子對曰：『政者正也，子帥以正，孰敢不正？』」這一章強調在上位的人以身作則，上正則下不敢不正。又：「季康子患盜，問於孔子。孔子對曰：『苟子之不欲，雖賞之不竊。』」這一章說明若要百姓無貪慾，統治者也應該無貪慾。如果舉國都無貪慾，就算我們用獎賞誘使人民盜竊，人民也不會盜竊。又：「季康子問政於孔子曰：『如殺無道以就有道，何如？』孔子對曰：『子為政，焉用殺？子欲善而民善矣。君子之德風，小人之德草，草上〔動詞，讀上聲〕之風必偃。』」季康子欲多殺無道的人，以成就有道的社會。孔子仍堅持在位者以身作則，不用多殺。因為君子之德如風，小人之德如草，風行於草上，草就會隨風向偃仆。這就是教化之功。

《論語・衛靈公》:「顏淵問為邦。子曰:『行夏之時,乘殷之輅,服周之冕。樂則韶舞。放鄭聲,遠佞人。鄭聲淫,佞人殆。』」這一章論為政更為具體。中國以農立國,因此孔子十分關注農業。夏曆以一月(建寅之月)為歲首,殷曆以十二月(建丑之月)為歲首,周曆以十一月(建子之月)為歲首。所以周朝官方的春天是十一、十二、一月,官方的夏天是二、三、四月,官方的秋天是五、六、七月。《莊子・秋水》發端的「秋水時至,百川灌河」指的其實是夏曆的夏水。民間為了方便耕作,一直都兼用夏曆,所以孔子主張「行夏之時」,就是要避免擾亂農時。輅即車,殷用木車,孔子喜其儉樸,所以要「乘殷之輅」。冕即禮冠,周的禮冠前面垂旒,兩旁各垂下一個耳塞,叫「充耳」,以示為政者明有所不見,聰有所不聞,不會太留意別人的小過失。韶是舜樂,孔子對韶樂有極高的評價,《論語・八佾》:「子謂韶:『盡美矣,又盡善也。』」不過鄭國的音樂就一定要放棄,善於奉承的人就一定要疏遠。鄭聲靡曼淫蕩,足以令人喪志;善於奉承的人容易使人忘記一己的短處,不思進取。而且善於奉承的人一定也善於中傷,所以極其危險。以上孔子每一句關於「為邦」的話都非常具體,背後都有很強的理據,並不是常人所能道。

結語

孔子的學說影響了中國社會兩千多年,以至於今。可以說,中國的傳統文化主要是由孔子的學說塑造而成的。孔子的學說有

這樣大的影響力，全賴一部《論語》。這樣重要的一部書，我們怎可以不讀？

這篇文章主要抄錄和改寫我在電視節目《世說論語》（超藝理想文化學會製作）第五十一至六十集的言論和拙著《箴言精選‧論孝》的文字而成。

▊ 注 ▊

《論語‧顏淵》：「哀公問於有若曰：『年饑用不足，如之何？』有若對曰：『盍徹乎？』曰：『二，吾猶不足，如之何其徹也？』對曰：『百姓足，君孰與不足？百姓不足，君孰與足？』」唯此章稱有若姓名。

另外，《論語》有一章稱閔子騫為「閔子」。〈先進〉：「閔子侍側，誾誾如也；子路行行如也；冉有、子貢侃侃如也。」有兩章稱冉有為「冉子」。〈雍也〉：「子華使於齊，冉子為其母請粟。子曰：『與之釜。』請益，曰：『與之庾。』冉子與之粟五秉。」〈子路〉：「冉子退朝，子曰：『何晏也？』對曰：『有政。』」次數甚少，難以作推測之用。

附篇

新高中中國語文科範文第一篇《論語》十六章解

範文第一篇「論仁」部分選錄了《論語》四章，分論如下：

其一：

子曰：「不仁者不可以久處〔粵讀陰上聲〕約，不可以長處樂。仁者安仁，知者利仁。」〔〈里仁〉第四〕

這一章上文已討論過，主旨是不仁者久困則為非，久樂則驕佚；仁者不論處約處樂，都會安於仁道，智者則會善用仁道而有所作為。

「久處約」句，三國魏何晏《論語集解》引西漢孔安國曰：「久困則為非。」「長處樂」句，何晏引孔安國曰：「必驕佚。」「安仁」句，何晏引東漢包咸曰：「惟性仁者自然體之，故謂安仁。」「利仁」句，何晏引魏王肅曰：「知仁為美，故利而行之。」

其二：

子曰：「富與貴，是人之所欲也；不以其道得之，不處也。貧與賤，是人之所惡也；不以其道得之，不去也。君子去仁，惡〔唐陸德明《經典釋文》：「音『烏』。」平聲〕乎成名？君子無終食之間違仁，造〔《經典釋文》：「七報反。」粵音「糙」〕次必於是，顛沛必於是。」〔〈里仁〉第四〕

三國魏何晏《論語集解》解釋第一個「不以其道得之」引西漢孔安國曰：「不以其道得富貴，則仁者不處。」但是，到解釋第二個「不以其道得之」時，就不能說「不以其道得貧賤，則仁者不去」了。所以何晏就親自作了以下的解說：「時有否泰，故君子履道而反貧賤，此則不以其道得之，雖是人之所惡，不可違而去之。」這裏所履的「道」當指正道、仁道，但是「不以其道得之」究竟指「不以其正道、仁道得之」還是別有所指，卻沒說清楚。所以這個注釋只能說似通非通，也說明了內文的兩個「不以其道得之」十分難解。

　　其實漢世學者已經覺得兩個「不以其道得之」難以理解，於是認為其中有訛字。東漢王充《論衡‧問孔》：「貧賤何故當言得之？顧當言『貧與賤，是人之所惡也，不以其道去之，則不去也』，當言『去』，不當言『得』。」近人楊伯峻的《論語譯注》就說：「『富與貴』可以說『得之』，『貧與賤』卻不是人人想『得之』的。這裏也講『不以其道得之』，『得之』應該改為『去之』。」不過，仔細斟酌，那兩個「不以其道得之」仍是可解的。那兩個「道」不宜解作「道德」的「道」。比如說，不以其道得富與貴難道要解作以不道德的方法得富與貴嗎？果如是，那人縱使得富貴而不處，也不能稱為君子、仁者了。這個「道」字如果解作「常道」、「常理」，那兩句就易解了。

　　這個「常道」不是《老子》所說「道可道，非常道」（帛書《老子》作「道可道也，非恆道也」）那個天地因之而生的、恆常不變的、

無法形容的「道」，而是日常的、易知的道理，也即「常理」。《論語‧陽貨》：「道聽而塗說，德之棄也。」何晏引東漢馬融曰：「聞之於道路，則傳而說之。」這是具體的「道」。《禮記‧中庸》：「道也者，不可須臾離也，可離非道也。」東漢鄭玄〈注〉：「道，猶道路也，出入動作由之。離之惡乎從也？」這是抽象的道路，就是常道。《莊子‧繕性》：「夫德，和也；道，理也。德無不容，仁也；道無不理，義也。」《韓非子‧主道》：「道者萬物之始、是非之紀也。是以明君守始以知萬物之源，治紀以知善敗之端。」指的都是易知的恆常道理。

富者財多，貴者位高，差不多每一個人都希望得到富貴。但是，如果不經過努力，不依靠經驗這個常道而得富貴，例如有不勞而獲的財富，或工作經驗不足卻獲得超次擢升，仁人君子就會放棄財富和推卻高位。乏財曰貧，無位曰賤，按恆常道理，不努力學習和工作就會貧賤。可是，如果經過努力、不斷累積經驗而得到的卻是貧賤，那麼那位貧且賤的仁人君子就要「受命」、「固窮」而不要急於脫離貧賤，怕的是急於脫貧就會使用不仁的方法。

孔子接着說，君子如果捨棄仁道，怎可以成君子之名（何晏引孔安國曰：「惡乎成名者，不得成名為君子。」）？縱使是一頓飯那麼短的時間內，君子也不會違背仁道。君子不論如何匆忙、倉促，都不違仁；不論遭遇如何大的挫折，都不違仁（何晏引東漢馬融曰：「造次，急遽；顛沛，偃仆。雖急遽偃仆不違仁。」）。而上文的「不處」、「不去」，正是「不違仁」的表現。

其三：

顏淵〔顏回字子淵〕問仁。子曰：「克己復禮為仁。一日克己復禮，天下歸仁焉。為仁由己，而由人乎哉？」顏淵曰：「請問其目。」子曰：「非禮勿視，非禮勿聽，非禮勿言，非禮勿動。」顏淵曰：「回雖不敏，請事斯語矣。」

〔〈顏淵〉第十二〕

這一章的重點在「克己復禮」。「克」即「節約」、「約束」，「克己復禮」即自我約束而以「禮」為依歸。何晏《論語集解》引馬融曰：「克己約身。」又引孔安國曰：「復，反也。身能反禮則為仁矣。」而在上位者若能克己復禮，天下都會歸於仁德。所以，如果要天下人都行仁，在上位者就先要行仁（何晏引孔安國曰：「行善在己，不在人也。」），做一個好榜樣。「請」是「願」的意思，「目」是「條目」的意思，而「非禮勿視，非禮勿聽，非禮勿言，非禮勿動」則是「克己復禮」的四個條目。孔子條陳克己復禮，就是要指出行仁的具體方法。

其四：

子曰：「志士仁人，無求生以害仁，有殺身以成仁。」

〔〈衛靈公〉第十五〕

這一章說到人生的大抉擇，語氣十分嚴肅凝重。何晏引孔安國曰：「無求生以害仁，死而後成仁，則志士仁人不愛其身也。」人都有求生的意志，但是志士仁人與其求生而傷害仁道，寧願殺身而成存仁道。對一個有志之士、一個仁者來說，仁道絕對凌駕

於生命之上。如果不是志士仁人，恐怕也沒有殺身成仁的勇氣了。遠古之人，如伯夷、叔齊、比干，近古之人，如文天祥、陸秀夫，都是志士仁人的典範。

「論孝」部分選錄了《論語》四章，分論如下：

其一：

孟懿子〔魯大夫仲孫何忌，諡懿，孟武伯仲孫彘之父〕問孝。子曰：「無違。」樊遲〔樊須字子遲〕御，子告之曰：「孟孫問孝於我，我對曰，無違。」樊遲曰：「何謂也？」子曰：「生，事之以禮；死，葬之以禮，祭之以禮。」〔〈為政〉第二〕

孟懿子問孝於孔子，孔子只簡單地說了一句：「無違。」後來孔子大抵恐怕孟懿子以為「無違」即不要違背父母的意旨，於是趁樊遲為他驅車時向他解釋「無違」的意思，好讓樊遲轉告孟懿子，因為兩人是好朋友。何晏引鄭玄曰：「恐孟孫不曉無違之意，將問於樊遲，故告之。樊遲，弟子樊須。」

「無違」實即「無得違禮」，所以事父母以禮，葬父母以禮，祭父母以禮，就可以充分體現孝道。邢昺〈疏〉：「『生事之以禮』，謂冬溫夏凊，昏定晨省〔《禮記‧曲禮上》〕之屬也。『死葬之以禮』，謂為之棺椁衣衾而舉之，卜其宅兆而安措之〔《孝經‧喪親》〕之屬也。『祭之以禮』，謂春秋祭祀，以時思之，陳其簠簋而哀戚之〔《孝經‧喪親》〕之屬也。不違此禮，是無違之理也。」

其二：

子游〔言偃字子游〕問孝。子曰：「今之孝者，是謂能養〔《經典釋文》：「羊尚反。」去聲，粵音「漾」，下奉上也。〕。至於犬馬，皆能有養〔仍讀上聲〕；不敬，何以別乎？」〔〈為政〉第二〕

這一章不妨和上文所引《大戴禮記‧曾子大孝》的「孝有三」合讀，也可見曾子的「大孝尊親」和「其下能養」是從孔子這幾句話變化而成的。孝的最大特點，是對父母有尊敬之心。如果沒有尊敬之心，供養父母和餵養狗馬就沒有甚麼分別了。

不過，正如《禮記‧曲禮上》所說：「禮尚往來。往而不來，非禮也；來而不往，亦非禮也。」子女尊敬父母固然是天經地義的事，然而做父母的，當然也要盡為人父母的責任才對。父母的責任是以身作則，導子女於正途，還要愛護子女。不然，「父不父」而要求「子子」，那就是「無諸己而求諸人」了（這段文字錄自拙著《箴言精選‧論孝》）。

其三：

子曰：「事父母幾〔粵讀陰平聲，微也〕諫，見志不從，又敬不違，勞而不怨。」〔〈里仁〉第四〕

何晏引東漢包咸曰：「幾者微也，當微諫，納善言於父母。」又：「見志，見父母志有不從己諫之色，則又當恭敬，不敢違父母意而遂己之諫。」

這一章先論勸諫父母之道，即委婉輕微，有耐性，希望多次的微諫，加上敬意和順從的態度，終能感動父母。末句「勞而不怨」，何晏不注。北宋邢昺〈疏〉：「勞而不怨者，父母使己以勞辱之事，己當盡力服其勤，不得怨父母也。」這解釋可備一說。

不過，「勞而不怨」也可能上承「又敬不違」，意即為人子者多次向父母進諫，言辭又要委婉，以免冒犯父母的尊嚴；父母不聽從時更要表現得恭敬順從，所以相當辛勞。縱使如此，也不能埋怨父母，這就合乎孝道。

其四：
子曰：「父母之年不可不知也。一則以喜，一則以懼。」
〔〈里仁〉第四〕

何晏引孔安國曰：「見其壽考則喜，見其衰老則懼。」這一章描述孝子的矛盾心情，十分傳神。孝子當然希望父母長壽健康，但見到父母年事日高，想到父母因老病而終有離開的一天，就不禁擔憂懼怕，這可謂人同此心，心同此理，古今如一。北宋黃庭堅〈過家〉五古其中兩句：「親年當喜懼，兒齒欲毀齓〔粵音「襯」，七歲換牙〕。」上句變化「父母之年」章而成，和下句兒子快要換去乳齒對比，十分感人。

「論君子」部分從《論語》中選錄了八章，分論如下：

其一：

子曰：「君子不重則不威，學則不固。主忠信，無友不如己者。過則勿憚〔陸德明《經典釋文》：「憚，徒旦反。」粵音陽去聲，依例不送氣，音「彈弓」之「彈」〕改。」〔〈學而〉第一〕

何晏引孔安國曰：「固，蔽也。」又自注：「一曰，言人不能敦重，既無威嚴，學又不能堅固，識其義理。」又引鄭玄曰：「主，親也；憚，難也。」

邢昺〈疏〉有十分詳盡的解釋：「此章勉人為君子也。『君子不重則不威，學則不固』者，其説有二。孔安國曰：『固，蔽也。』言君子當須敦重，若不敦重，則無威嚴。又當學先王之道，以致博聞強識，則不固蔽也。一曰『固』謂堅固，言人不能敦重，既無威嚴，學又不能堅固，識其道理也。明須敦重也。『主忠信』者，主猶親也，言凡所親狎皆須有忠信者也。『無友不如己』者，言無得以忠信不如己者為友也。『過則勿憚改』者，勿，無也。憚猶難也。言人誰無過，過而不改，是謂過矣〔〈衛靈公〉〕；過而能改，善莫大焉〔《左傳・宣公二年》〕。「故苟有過，無得難於改也。」東漢劉熙《釋名・釋言語》：「難，憚也，人所忌憚也。」唐陸德明《經典釋文》：「難，乃旦反。」讀陽去聲。東漢許慎《説文解字》：「憚，忌難也。從心單聲。一曰，難也。」「過則勿憚改」即「有過錯就不要害怕改正」。

最後，還有一個待解決的問題：究竟「固」解作「固蔽」還是

「堅固」？從行文看，似乎孔安國以「固」為「蔽」的解釋較為合理。文中「君子」是主語，總領後面數句。「君子不重則不威」意即「君子重則威」，穩重則有威嚴。「學則不固」即「君子學則不固」，意即「不學則固」。意義上，這個「固」當如「儉則固」的「固」。《論語‧述而》：「子曰：『奢則不孫〔即「遜」、「愻」〕，儉則固。與其不孫也，寧固。』」何晏引孔安國曰：「俱失之，奢不如儉。奢則僭上，儉不及禮。固，陋也。」如此則「蔽」和「陋」不過相表裏而已。「學則不固」的「固」又當如《孟子‧告子下》的「固哉高叟之為《詩》也」和「固矣夫，高叟之為《詩》也」的「固」。東漢趙岐〈注〉：「固，陋也。」，即「淺陋」的意思。「學則不固」強調「學」的重要性，一如「好仁不好學，其蔽也愚；好知不好學，其蔽也蕩。」學就能解蔽了。

其二：

子曰：「君子坦蕩蕩，小人長戚戚。」〔〈述而〉第七〕

何晏引鄭玄曰：「坦蕩蕩，寬廣貌。長戚戚，多憂懼。」邢昺〈疏〉：「此章言君子、小人心貌不同也。坦蕩蕩，寬廣貌；長戚戚，多憂懼也。君子內省不疚，故心貌坦蕩蕩然寬廣也；小人好為咎過，故多憂懼。」

其三：

司馬牛〔《史記》：「司馬耕字子牛。」〈顏淵〉「司馬牛問仁」章，何晏引孔安國曰：「牛，宋人，弟子司馬犂。」〕問君子。子

曰：「君子不憂不懼。」曰：「不憂不懼，斯謂之君子已乎？」子曰：「內省不疚，夫〔《經典釋文》：「音『符』。」〕何憂何懼？」〔〈顏淵〉第十二〕

何晏引孔安國曰：「牛兄桓魋〔《經典釋文》：「魋，徒回反。」粵音『頹』。桓魋，宋司馬，嘗欲害孔子〕將為亂，牛自宋來學，常憂懼，故孔子解之。」又引包咸曰：「疚，病也。自省無罪惡，無可憂懼。」

邢昺〈疏〉：「此章明君子也。『司馬牛問君子』者，問於孔子，言君子之行何如也。『子曰君子不憂不懼』者，言君子之人不憂愁、不恐懼。時牛兄桓魋將為亂，牛自宋來學，常憂懼，故孔子解之也。『曰不憂不懼，斯謂之君子已乎』者，亦意少其言，故復問之。『子曰內省不疚，夫何憂何懼』者，此孔子更為牛說不憂不懼之理。疚，病也。自省無罪惡則無可憂懼。」

其四：

子曰：「君子成人之美，不成人之惡。小人反是。」〔〈顏淵〉第十二〕

邢昺〈疏〉：「此章言君子之於人，嘉善而矜不能，又復仁恕，故成人之美，不成人之惡也。小人則嫉賢樂禍而成人之惡，不成人之美，故曰反是。」

其五：

子曰：「君子恥其言而過其行〔《經典釋文》：「行，下孟反。或如

字。」即去、平皆可〕。」〔〈憲問〉第十四〕

邢昺〈疏〉:「此章勉人使言行相副也。君子言行相顧,若言過其行,謂有言而行不副,君子所恥也。」

其六:

子曰:「君子義以為質,禮以行之,孫〔《經典釋文》:「音『遜』。」〕以出之,信以成之。君子哉!」〔〈衛靈公〉第十五〕

何晏引鄭玄曰:「義以為質,謂操行;孫以出之,謂言語。」邢昺〈疏〉:「此章論君子之行也。義以為質,謂操執以行者,當以義為體質。文之以禮然後行之,孫順其言語以出之,守信以成之。能此四者,可謂君子哉。」

其七:

子曰:「君子病無能焉,不病人之不己知也。」〔〈衛靈公〉第十五〕

何晏引包咸曰:「君子之人,但病無聖人之道,不病人之不知己。」邢昺〈疏〉:「此章戒人脩己也。病猶患也。言君子之人但患己無聖人之道,不患人之不知己也。」

其八:

子曰:「君子求諸己,小人求諸人。」〔〈衛靈公〉第十五〕

何晏〈注〉:「君子責己,小人責人。」邢昺〈疏〉:「此章言君子責於己,小人責於人也。求,責也;諸,於也。」

《說文解字》卷三上「諸」字,清段玉裁〈注〉:「或訓為『之』,或訓為『之於』,則於雙聲疊韵求之。」案「君子求諸己」的「諸」當是「之於」兩字合讀。

第 二 部

憶 名 師

學生免不了會受老師影響。遇到好老師，好學生會更好，頑劣的學生會沒那麼頑劣。所謂好老師，指的是學問好，品格好。這些好老師，對學生一定有好影響。在我追求學問的過程中，有四位老師對我的影響特別大，他們是陳湛銓教授、羅忼烈教授、劉殿爵教授和周策縱教授。讓我逐一追述。

憶國學大師陳湛銓教授

陳湛銓教授在家中書房留影

　　我生平遇到教學最動聽的老師恐怕要數國學大師陳湛銓教授，我初聽陳老師講學時約十八、九歲。當時陳老師已經有很多弟子、很多聽眾，而我在讀大學預科一年級前，竟然連他的大名都沒聽過，可見我當時的見聞多麼狹窄。有一天，我經過大會堂高座，看見一張由學海書樓張貼的小告示，寫着星期天下午由陳湛銓教授主講《莊子・秋水》，我立刻被那張告示吸引住，吸引我的不是講者的姓名，而是講者要講的篇章——〈秋水〉，因為那是

香港大學入學試（高級程度會考）中國文學卷的範文。

不過到了聽講的時候，我就被陳老師吸引住了。但見他說話生動有力，對讀音十分講究，加以內容充實，可謂文質兼備。陳老師又寫得一手雄渾蒼勁的「粉筆字」，記憶力又特別強，在黑板上旁徵博引，都靠記憶，不用一書在手。他無疑在把國學講演推向化境。

與此同時，我看《星島日報》和《華僑日報》，竟然發現商業電台（當時還沒分一台、二台）每個星期舉辦一次「對聯徵求」活動，由陳湛銓教授主持。陳老師出七言律句聯首，參賽者郵寄聯尾到商業電台，陳老師每次選取十名給予獎金，賽果於星期日在《星島》及《華僑》公佈，同時公佈新一會聯首。當天晚上（好像是晚上十時），陳老師就會在商台介紹和點評優勝作品。我覺得這活動很有意義，於是有空就參加比賽，也拿過幾次獎金。中選固然開心，縱使落選，在收音機旁邊聽陳老師點評優勝作品，就能洞悉做對聯的竅門。

1966 年進入香港大學讀本科，因為要適應新的學習環境和宿舍生活，雖然也會在週末到大會堂聽講，卻一直沒再參加對聯徵求比賽。過了好幾個月，有一天突然「心血來潮」，拿起報紙找比賽資料，才知道那比賽只餘兩會便完結。我心裏想：這兩次絕對不可錯過。我還記得最後第二會的聯首是「同林各樹榮枯異」，我對以「一榜多材取捨難」得季軍；最後一會的聯首是「美景良辰非

向日」，我對以「小舟滄海寄餘生」得第六名，算是對自己有所交代了。

在大學的時候，我如常去大會堂聽學海書樓講座，陳湛銓老師的講座我更不會錯過；也去陳老師開辦的經緯書院聽過一陣子課，但和陳老師沒有交談過，他的家人、學生我都不認識。正式交談要在本科畢業後，在港大做碩士研究時。事緣我報讀了一個在星光行舉辦、由陳教授講《莊子》的短期校外課程，開課當晚，我出發遲了，於是連走帶跑，及時趕到，衝進星光行一部未關門的升降機，然後抬頭一看，整部升降機內除了我之外，只有一個人——陳湛銓教授。我登時手足無措，唯有硬着頭皮自我介紹。誰知陳老師氣定神閑地説：「我認得你，你就是做對聯那個。」我感到十分迷惘，為甚麼這位陳教授如此神通廣大？就在那時，升降機的門開了，於是各就各位，他講我聽。不過，自從在升降機內碰頭後，我們的關係就越來越密切。

後來，陳老師告訴我，因為我以前常參加對聯比賽，他留意到我的名字，但一直以為何文匯是一個中年人。有一次我去經緯書院上課，陳老師唱名派講義，才發覺原來何文匯只是一個十來二十歲的小伙子，吃了一驚，所以印象就變得深刻。

我於 1971 年離港遠赴英國倫敦，1976 年自美國威斯康辛州回來，回來不久，就約陳老師出來吃晚飯，同時問學，以後就習以為常。陳老師的學問深不見底，總歸聖賢之道。更難得的是他

文匯年才三十。精英語。而有此偉構。天生奇傑。百年千里。難有比倫。豈吾來學有此人為幸哉。實我國正學薪時大幸也。吾老矣。不甚忠於時流之書。今閱竟文匯此篇。微顧閴些。淋漓盡情。排鼓鑪彙。鎚鑄祥金。鍛成千莫。為劉申叔章太炎所未備。彼勇於誤者循名以徼位者比之。直秋塵之方華嶽耳。雖秋舫之作。去之殊遠。而況於餘哉。不朽英。宣與伯玉共懸日月。此之無窮矣。欽文匯惠重。稍撥置外事。以當退期。俾絕之學賴以傳。而放諸四海以溥澤異類。斯吾所殷也。此書精神。實諸鬼神而無疑。然惟真知而援能實。非庸庸者所重也必。吾雖嘗預參詳。然種幹輪囷。百圍槃槃。惟為添枝綴葉巳耳。無大助也。凡渠推尊之言。君子人之攄謙爾。斯昭昭實書也。於其將傳。樂為之序。丁巳仲夏。新會陳湛銓。

陳湛銓教授寫文章喜用古字正字，1977 年手書序文也不例外，到排印時才把古字正字改為今字俗字。

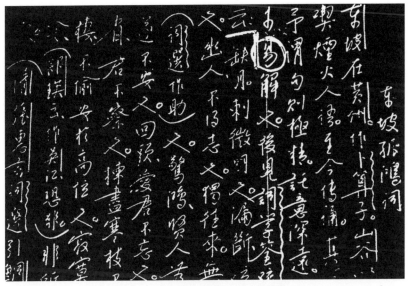

陳湛銓教授的板書（《學海書樓七十五周年紀念集》〔1998〕插圖）

陳湛銓教授講課時攝

陳湛銓教授八十年代初的封面題字

十分健談，説話又動聽，吃一頓飯就如坐春風之中。而我與陳老師的家人也熟落起來了。

　　陳老師個性剛強，行事講原則，少妥協，自稱「霸儒」。他在 1977 年寫了〈霸儒〉七律一首，有序：「余以為在今日橫流中，如出周、程、張、朱之醇儒，實不足以興絕學。要弘吾道，都須霸儒，蓋遏惡戡姦，似非天地溫厚之仁氣所能勝也。」他的〈霸儒〉七律更是劇力萬鈞：

　　修竹園空夢也無，雙鐙朗照亦何須。
　　舊鄉人已成生客，窮海天教出霸儒。

澄淨潔淨心清靜
先師遠下雌雄鏡
千秋萬古大光明
去凶禍福有前定
酒氣對色正正性
千靈萬靈如律令
急急如律令

陳湛銓教授在酒樓默寫的咒語

星爛月明聊一望，風吹雨打待前驅。

盧窗又見微微白，猶執餘篇當虎符。

這種氣魄真足以傲視古今。

陳老師的舊鄉故居名「修竹園」，其後不論喬遷到哪裏，居所都自然叫「修竹園」，但〈霸儒〉詩中的「修竹園」則指故里無疑。

我曾經每隔一兩個星期就去九龍，和陳老師在勝利道附近的酒家吃晚飯。其後陳老師舉家遷往太古城，我住在香港島，找他吃飯更方便。我們從他住的隋宮閣走路到太古城第二期商場的酒家吃晚飯，只五分鐘左右路程，這是當陳老師身體好的時候。陳老師一向十分健碩，又常打坐，大家都期望他壽過期頤，為學術和教育多作貢獻。殊不知 70 歲不到，他便患了重病，手術後身體漸見虛弱。縱使如此，陳老師仍然熱愛講學，仍然喜歡和學生在一起。那時候，我和他從隋宮閣步行到商場，他已不像以前般「大踏步便出去」，而是拄着手杖，一步改為半步，非常謹慎地、緩慢地向前移動，全程超過 15 分鐘。其後病情惡化，更不能外出。終於在 1986 年 12 月 20 日星期六下午，陳老師的長公子樂生打電話來，說老師於清晨病逝了。當時陳老師才 71 歲。

陳老師留下很多文稿。2014 年，陳老師的少公子達生聯同兄妹，下了很大苦功，把文稿整理成電子檔，打算陸續出版。香港商務印書館對這個計劃甚表支持，於是同年同時出版了陳老師三份遺作：《周易講疏》、《蘇東坡編年詩選講疏》、《元遺山論詩絕句

2005 年在康樂及文化事務署倉庫內觀賞新刻石碑，上有陳湛銓教授親書「燕來不誤東西屋，水淨渾忘上下流」對聯。石碑其後置於荔枝角公園內（康樂及文化事務署照片）。

講疏》，可謂當年學術界的一件盛事。我有幸為《周易講疏》寫序，得以再三表達我對陳老師崇高的敬意。

附篇

《周易講疏》敍

先師陳湛銓教授得天地之正氣，幼而穎悟，長而博聞，志合聖賢，篤好古道，以德行學問文章名世。其學貫通四部，所為經子詩文注釋，遠紹旁搜，發揮奧義，精妙絕倫。其文雄深雅健，風骨魁奇，越唐宋而侔漢魏。其詩抗行東坡遺山，而沈雄過之。所作〈霸儒〉七律結云：「虛窗又見微微白，猶執餘篇當虎符。」但覺氣象為之肅然，乃知哲匠不比肩矣。其書宗北魏，威重如其人，望之如聞金石聲，今猶能見於碑匾之上。平居則發憤忘食，志在尚友。講學則言議英發，若龍吟鳳鳴，聽者莫不心醉。小子受其身教，獲益難以載量。湛師及壯而名震華夏，不虛傳也。

夫羣經之難，莫過乎《易》。《易》之道，莫貴乎仁義。百餘年來，國運陵遲，人心傾側，仁義不彰。湛師四十而述《易》，作《乾坤文言講疏》，擷二卦之菁華，明立人之大道；考文義，闡幽微；筆落千鈞，驚心動魄，集考據義理詞章於一篇。金玉喻其仁言，雷霆比其義憤，直是一字千金。孔穎達萬言，其文質皆未能及也。

《乾坤文言講疏》既行，湛師乃注六子，又詳釋〈繫辭傳〉，比至餘卦，未竟而上儒。多士呼天，帝鄉無覓，倏忽二十八年矣。天秘靈珠，世存半璧，奈何也乎。尚可幸者，〈繫辭傳〉乃《易》

之精魄，昔王輔嗣未及注，其文已甚足觀，況湛師注之而極精乎？雖半璧亦人間至寶矣。

湛師述《易》，折中荀虞象數與王韓義理，出入李鼎祚《周易集解》與孔穎達《周易正義》；既引朱熹《周易本義》之文，復採來知德《周易集注》、李道平《周易集解纂疏》與姚配中《周易姚氏學》之說，貴遠而不賤近，跨越千秋，兼收並蓄，融會貫通。又多用箴言史事以證經傳之言，義例貼切，洵為《易》注之北極，學者之南針也。

然湛師之注文，曩只分見，不無佚失之虞。少公子達生精研國學，憂聖傳之不繼，乃與兄海生妹香生整理遺文，輯成《周易講疏》，以付梓人。匯流成河，終古不廢矣。

自馬王堆帛書《周易》出，天下注目。而秦楚竹簡亦相繼面世。於是考證竹帛異文，蔚成風氣。數十年間，成績斐然。事此者固《周易》之功臣也。然《易》之大義未嘗因是而見棄，聖人之道未嘗因是而無存。斯時物欲橫流，沈淪待起，湛師之講疏有益世道人心，足以廉頑立懦，尤當置於座右，使學子有以見學問之大與文章之美，更感其正氣而行乎正，庶幾無大過矣。今講疏將與乾坤同壽，日月同榮，真吾華之幸也。二〇一四年，蒼龍甲午，殿閣微涼，何文匯謹志。

陳湛銓：《周易講疏》（香港：商務印書館（香港）有限公司，2014 年），頁 ix-x。

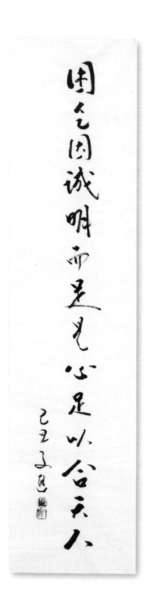

2009 年親書「思惟與知識同新，每日新修皆事業；困乏因誠明而足，是心足以合天人」對聯。因早歲跟從陳湛銓教授學習《周易》，故詩文創作不免常用《周易》詞句（《周易‧繫辭上傳》：「是故形而上者謂之道，形而下者謂之器；化而裁之謂之變，推而行之謂之通；舉而錯之天下之民，謂之事業。」）。

羅忼烈教授
隨和溫雅，句麗詞清

與羅忼烈教授攝於九龍寨城公園（2004）（康樂及文化事務署照片）

　　陳湛銓教授在廣州國立中山大學讀書時有一位志趣相投的同學，後來兩人成為一輩子的好朋友，那位同學就是羅忼烈教授。

　　陳老師性格剛烈，早年為保氣節而離開聯合書院的高職，可謂棄榮祿如敝屣。而且月旦人物，義正辭嚴。羅老師則溫文爾雅，隨和包容。正因如此，兩人相交，反而若合符節。

我們中一至中五的「中國語文」科用的教科書是齡記書店出版的《新編國文》一至五冊，該書有三位編者，其中一位是羅忼烈先生。所以羅老師早就名播人耳，只是一般中學生未必見過他。

1966 年，羅忼烈老師自羅富國教育學院加入香港大學中文系任教，我則自聖若瑟書院考進香港大學讀一年級。第一年本來可以選文學院不同學系的科目，但我只選了中文系的科目：中國文學、中國歷史和繙譯。我走到大學總樓三樓中文系選科，有幾位負責的老師在等候。其中一位舉止閑雅的中年老師一邊看着我填寫表格，一邊稱讚我的鋼筆字寫得好，並且問我是不是常常寫毛筆字，我說不是。本來說客氣話，簡潔便可，但我總喜歡加點意見，於是補充說，多寫毛筆字未必寫得好字，我的鄉先輩康有為常常寫毛筆字，可是他的字還是寫得不好。那位老師很隨和，臉上泛着笑容，完全不以為忤。我填妥表格便離去，並不知道那位老師正是羅忼烈先生。

開學後幾個星期，我和羅忼烈老師算是相熟了。有一天，羅老師叫我去見他。他說我的中文根柢好，問我是不是家學。我說不是，倒是常去聽學海書樓的講座。提起學海書樓，羅老師似乎十分感興趣，連忙問有哪些老師講學。當我說到陳湛銓老師時，羅老師立刻說了一句：「老同學兼老朋友。」之後對我更好。我讀碩士時，羅老師順理成章地成為我的導師。讀碩士那兩年，我都拿了研究生獎學金在系內兼職，主要分擔羅老師的教學工作，所以和老師的關係更密切。後來，羅老師更邀請了美國威斯康辛大

學東亞語言文學系系主任、漢學大師周策縱教授做我的校外考試委員，那是 1971 年春夏間的事。

我在暑假期間交了論文，導師於是要為我安排一個筆試和一個口試。先考筆試，羅老師針對論文的內容出了四道題，任答三題。本來都是一般的問題，不一般的是四道題每一個字都用小篆寫。我獨個兒在會議室答題，本來有兩小時，可是一個小時後，羅老師就走進來問我答完沒有。我說快答完第二題，羅老師說：「那麼答兩題算了，我要走了，順道送你回家。」

那些年一切都來得輕鬆，口試也不例外。首先是找一個研討室，羅老師主持口試，校內考試委員是年輕講師何沛雄博士（後來的何沛雄教授）。羅老師一開始便說，他一直看着我寫論文，十分清楚論文的內容，所以沒有問題要問。於是何博士便成為唯一發問的人。問了一會兒，他覺得沒甚麼意思，於是改變話題，問我甚麼時候去倫敦。我答道九月某日，何博士高興地說，他九月先去倫敦，再去牛津，我們不如先在倫敦見一次面，過幾天我去牛津找他。牛津是他寫博士論文的地方，所以他絕對有資格做導遊。而事實上，那的確是我唯一能夠深入體驗牛津的一天，以後都沒有類似的機會。

倫敦當時以超級老鼠特別多而見稱於世，我租住的地方也不能免卻鼠患。我和羅老師每個月總通信一兩次，短的用航空郵柬，長的就用信件。居室患鼠令我苦惱不堪，當然要告訴羅老師。

羅老師回信説，日軍侵華期間，他隨校西遷，途中作了一首七律，現在只記得其中兩句：「三更穴鼠齧枯壁，五夜長歌缺唾壺。」提議我不妨足成一首新的七律，分散我對老鼠的注意力。我於是寫了一首〈屬成詩〉回報：

> 每披黃卷見鴻儒，陋室能藏術士徒。
> 氣有大剛閒處養，心方偏遠一城孤。
> 三更穴鼠齧枯壁，五夜長歌缺唾壺。
> 貞得幽人且无悶，漫天狂雪易迷途。

羅老師回信説，詩沒錯寫得好，不過就是帶點「頭巾氣」。為了表示他的批評並不認真，羅老師在「頭巾氣」後補上「一笑」兩個字放在圓括號內。我想想羅老師説得沒錯，這首詩的「説教」味道的確濃了一點，於是我對作詩之道，又有了更深的理解。這首詩後來卻引發了一件趣事。

同年冬天，羅老師寄了一封航空郵柬來恭喜我。原來周策縱教授交了一份審閱報告給港大文學院，對我的論文大加讚賞。羅老師還寫下周教授在威斯康辛州 Madison 市的地址，着我立刻寫一封信答謝他，藉以「結海外文翰因緣」。

我在英國倫敦住了三年，在 1974 年奉周策縱教授召，到美國威斯康辛大學 Madison 校園教了兩年書。回到香港，又依舊和羅老師常常見面，當然也和羅老師的老同學、老朋友陳湛銓老師常常見面。有一次和陳老師在九龍一家酒樓吃晚飯談詩，我還抄下

羅忼烈教授 1974 年 4 月寫的航空郵柬局部

羅忼烈教授同年 8 月寫的航空郵柬局部

羅忼烈教授同年 12 月寫的航空郵柬局部

初到倫敦時寫的詩給他批評。陳老師讀到那首〈屬成詩〉時默然良久，然後說：「我出去一會兒。」說罷離座而去。回來後，他對我說：「我剛才打電話給忱烈，勸勉他不要鬆懈，否則會被學生趕過。」我聽罷大驚，我知道陳老師容易被有關儒行的詩句感動，我那首詩因而令他有所感觸，骨鯁在喉，不吐不快。我說，羅老師那兩句是 20 多歲時寫的，我那六句也是 20 多歲時寫的，這樣看會合適一些。陳老師點頭同意，但那時他的注意力已經轉移到別的話題上了。

論詩風，陳老師固然今古獨步；不過羅老師的詩清麗典雅，亦非其他詩人能及。陳老師仙遊之前幾個月，羅老師去成都遊覽，寫了兩首懷古七律，第一首說杜甫，第二首說諸葛亮，十分感人。

〈丙寅中春成都謁杜工部祠〉：

萬里橋西錦水湄，三千里路拜公祠。
清詞麗句雖天巧，翠篠紅蕖異昔時。
運祚從來更否泰，江山原不限華夷。
先生老病南征日，猶念宗臣表出師。

〔第二句自注：「自香港飛成都，航程約三千公里。」〕

〈又同日謁諸葛武侯祠〉：

錦官城外但黃塵，丞相祠堂失本真。

其實詞亦平

二月西湖初日照嵐影天光與眼生煙霧多慚風

流今異古風流只合詩中遇　卻憶訶仙年少

句夢佳吳門文作長安旅　欲市遺蹤無覓處錢

唐江上空回顧　周清真錢唐人

旅中率不能睡　枕上填詞寄

忱立未足怪　戊辰冒

子匯⋯⋯爭台一笑

香港集大莊製　大道中二五四號　電話：四三八五〇四

羅忼烈教授寄示的新詞（1988）

羅忼烈教授遊西陵峽時攝（1989）

羅忼烈教授（右二）與劉殿爵教授（左四）（1997）

自古虎爭終一統，當年龍戰費三分。

人因小說傳嘉話，客向丹青拜藎臣。

可笑蒼生皆禮佛，清明誰與奉崇禋。

〔第二句自注：「新開馬路，距祠門不仍咫，可見主政者無知。」第八句自注：「是日清明，佛寺香火甚盛，而武侯祠則殆無遊人。」〕

羅忼烈老師擅長填詞，他傳世的詩不多，傳世的詞則不少。

當羅老師的公子鳴謙在美國西岸讀書時，老師和師母移居加拿大溫哥華作照應。後來鳴謙取得博士學位，去了明尼蘇達州執教大學，老師和師母便回港定居。羅老師差不多每天都上山做「晨運」，平時則健步如飛。但進入耄年，腰和膝都沒法抵受歲月的消磨。先是走路要挂杖，繼而出入要坐輪椅。羅老師胸襟豁達，心境依然開朗，不過做學生的看見仍不免為他擔心。

2009年6月10日，羅師母打電話給我，說鳴謙從美國回來度假，羅老師想約我一起吃午飯。我翻開日記簿一看，整個星期差不多約滿了，只有6月11日中午可以。師母對羅老師說我翌日有空，羅老師在遠處回答：「那就明天吧。」於是我在6月11日中午開車到羅府門口。羅老師雙腿已完全無力，要坐輪椅到我車旁，再由鳴謙抱上車，然後師母把輪椅摺疊放在車尾廂。我開車和他們去老師和師母常去的太古城西苑酒家吃午飯，到了太古城停車場，鳴謙抱父親下車，置於輪椅之上，然後向目的地進發。在西苑，羅老師仍然興致勃勃，也沒有人料到那竟然是羅老師此生最

後的午飯。十幾個小時後，羅老師就在睡眠中離世，享年 91 歲。

羅師母囑咐我在羅老師喪禮上致悼辭。我也作了一副輓聯，請陳湛銓老師的入室高弟、書法名家黃兆顯先生代書，掛在靈堂之上：

仙籍重登，更握靈珠驚氣象。
雲蹤何在，忍教多士想音容。

上款是「忼烈老師靈右」，下款是「受業何文匯撰，晚生黃兆顯書，並敬輓」。輓聯手稿傳真給師母存檔時加了一個注釋：「『靈』是諧音借對，用唐人張喬〈華州試月中桂〉詩『根非生下土，葉不墮秋風』之法。」

在靈堂上讀畢悼辭，剛回座位，身上手機輕響了一下，是香港大學的大學發展及校友事務部總監徐詠璇女士發來的一條短訊，只寫着：'I want your speech.' 她就坐在不遠處。過了幾天，我把悼辭電郵傳給她，以便在 12 月的 *Convocation Newsletter* 刊登。徐女士說，文章以「悼辭」為題似乎太空泛，不如改為「翰墨因緣」，我立刻表示同意和感謝。回想 1971 年羅忼烈老師寫信到英國去，叫我和周策縱教授「結海外文翰因緣」，其實當時我已經和羅老師結下翰墨因緣了。人生本來就是一連串的因緣。

何沛雄教授從香港大學退休後，轉往珠海書院任教。千禧以後，我們見面的機會不算少，主要在何氏宗親總會的活動中，因

為他是該會的學術顧問。何教授在 2013 年 3 月離世，設靈公祭之夜，我以何氏宗親總會永遠會長的身分，會同理事長和理事會成員前往致祭。追思往事，能不黯然？

賀新郎

戊午六月，選堂翁六一華誕。時自中文大學退休，將有巴黎、美洲之行。

臺上南風競。拍闌干荷花生日，瑞辰相應。看盡勞人雞蟲事，一笑金杯滿引。算任誕差堪魏晉。琴趣外篇同六一，更新書、千卷須刪定。卻苦被，塵埃困。

而今卜得天山遯。奈歸來開荒無地，已輸陶令。三絕平生詩書畫，早共桐絲清潤。肯輕負柳期鷗訊。四海五洲都行遍，待何時、重掃高齋徑。綠綺弄，為余聽。

　翁居跑馬地鳳輝臺，故起句云。

羅忼烈教授與饒宗頤教授是樂府吟侶，羅教授《兩小山齋樂府》有不少兩人唱和的詞作。

1982 年與饒宗頤教授談香港史研究（香港電台電視節目《百載鑪峰》第一輯第一集）

2009 年親書〈饒宗頤教授銅像贊〉。銅像置於香港中文大學總圖書館內。

饒宗頤教授贈以親書「出水新蒲含秀氣，臨風春草有清芬」對聯卷軸，以表謝意（2009）（香港中文大學照片）。

在饒宗頤文化館內為香港中文大學拍攝饒宗頤教授百歲特輯（2015）

羅忼烈教授　隨和溫雅，句麗詞清

劉殿爵教授
遐邇傳經，清虛樂道

與劉殿爵教授在江南留影（1982）

　　我在港大做碩士研究時已經決定要去英國攻讀博士學位，所以在第一個學年我就要撰寫研究計劃和辦理申請手續。第二個學年，我獲倫敦大學東方及非洲研究學院（School of Oriental and African Studies，簡稱「SOAS」）錄取。SOAS 培育了為數不少的國家元首、政府首腦、部長、外交官、學者和為數或許不多的間諜。

與劉殿爵教授及賴寶勤教授攝於英國倫敦攝政公園（1973）

　　香港前總督尤德爵士在第二次世界大戰時入讀 SOAS 本科，畢業後做了外交官，直到生命最後一刻。尤德爵士夫人於戰後入讀 SOAS 本科，當時有兩位年輕講師跟她建立了深厚交誼，一位是 1936 年拿庚子賠款獎學金赴英格蘭、在牛津大學取得碩士學位的賴寶勤女士，另一位是 1946 年拿香港政府新設的勝利獎學金赴蘇格蘭、剛在格拉斯哥大學取得碩士學位的劉殿爵先生。兩人早年都在香港大學畢業。在 SOAS，劉先生的學術成就越來越大，他的學術論文用字辛辣，打擊偽學毫不留情，使他迅速成為漢學界明星。後來，賴女士在 SOAS 取得博士學位；而劉先生則因為學術地位特別高，已經不可能回頭讀博士。

　　60 年代，英國的大學在 senior lecturer（高級講師）和 professor

（講座教授）之間加插一個 reader（教授）職級，劉先生隨即做了 reader。幾年後，劉教授成為在英國教中國語言和文學的第一位華人講座教授，賴博士則成為 reader。

賴教授夫家姓 Whitaker，在英國，她的稱謂是 Dr. Katherine P. K. Whitaker。賴教授和劉教授很合得來，大抵又是性格互補吧，劉教授孤高自守，賴教授就很懂人情世故。

前港督衞奕信勳爵於上世紀 50 年代從劍橋大學畢業，當了外交官，卻在 1968 年離開外交部，到 SOAS 做學報編輯。SOAS 那份學報 *The China Quarterly* 在學術界極負盛名。衞奕信勳爵同時在 SOAS 攻讀博士學位，於 1973 年成為倫敦大學哲學博士，並於 1974 年重回外交部。當時他的中文名字叫「魏德巍」，「衞奕信」是赴總督任之前改的。衞奕信勳爵在 SOAS 研究中國近代史，而劉教授則以研究經子聞名。只因為劉教授學問好，名氣大，所以魏德巍先生常去請教。雖然劉教授處事十分低調，也不喜歡應酬，但因為有不少 SOAS 的學生當了官，所以他在英國政界也有點影響力。在系內他當然是「話事人」，我在 1971 年獲錄取入讀 SOAS，就是由他「一錘定音」的。

劉教授的父親劉景堂先生是著名詞人，與後輩陳湛銓教授和羅忼烈教授是忘年交。劉教授 25 歲離開香港，一直在海外居住，又少吟詠，與陳、羅二公並無深厚交情。

1971 年初夏，劉教授回香港小住，中文系系主任馬蒙教授知道我要去倫敦大學，於是邀請了劉教授到中文系敍談，好讓我跟他見見面。

劉教授個子小，眉清目秀，在陌生人面前並不多説話。當時馬教授問他，SOAS 有多少個研究中國古典詩歌的學者，劉教授只説出一個名字——一位英國學者的名字。這位學者是資深漢學家，以喜歡喝酒和常常喝醉而名聞漢學界。那天可能出於誤會，大家都以為劉教授安排了那位學者做我的導師。九月去 SOAS 報到時，我才知道我的導師是一位年輕講師，叫 Dr. David Pollard，卜立德博士，後來的卜立德教授。卜博士對我説，古典文學不屬於他的研究範圍，不過劉教授説我不用指導，他的責任主要是和我斟酌英文。卜博士的學術觸覺十分敏鋭，而且擅長繙譯，所以用字精準，對我日後在文字運用方面有很大的啟發。

到 SOAS 才一兩個月，我已經好幾次在走廊和樓梯間見到一位步履緩慢、醉態可掬的長者。白天喝醉，除了是劉教授在香港提及的那人，恐怕也沒有別人了，我不禁慶幸他不是我的導師。

過了一段時間，劉教授和我已經彼此熟識，並且常常一起在校內喝下午茶，談論時事和學問。劉教授從沒叫我和那位醉酒教授打交道，我也絕口不提那位教授，免生誤會。

再過了一段時間，我認識了我的校內考試委員賴寶勤教授。

她對我說，劉教授用心很細密，早就對她說，我不用這裏的專家指導，他認為我要的是一個隨和而有責任感的導師，最重要是雙方要合得來。

20多年後，我在香港中文大學當教務長，處理過一些研究生和論文導師之間的糾紛個案。我看到不論導師有理沒理，先吃虧的總是學生。劉教授當年的決定使我由衷感激。

我的論文導師卜立德博士一樣使我由衷感激。因為我的研究生獎學金在1975年夏天才終止，所以我本打算1975年夏天才交論文。怎知1974年4月，我的碩士論文校外考試委員周策縱教授從美國發了一個電報（telegram）到倫敦給我，問我新學年可不可以前去威斯康辛大學Madison校園教書，我連忙回電報答應了。因為在美國的大學教書如果沒有博士學位會很吃虧，所以我和導師約定，我8月赴美，9月開學，12月前交論文，12月返回倫敦考口試，1975年1月回威斯康辛上課。卜立德博士除了加以鼓勵之外，還答應我，只要收到我的文稿便立刻看，看完立刻把文稿寄回美國。

劉殿爵教授60年代曾經在威斯康辛大學東亞系教了一個學期，跟周策縱教授非常要好。他早對我說過，當時的漢學家，論功力，當以周公為第一。我心想，劉教授學識淵博，性格孤高，而竟然服膺周教授的學問，那麼威斯康辛大學我該不會去錯了。更可喜的是，劉教授知道我8月去威大赴任，他也順道舊地重

劉殿爵教授 1975 年 12 月從倫敦寄信來陌地生談近況。信中提及的研究生是日後的同事陳雄根教授。雄根兄於 1986 年加入香港中文大學中國語言及文學系任導師，其後升等至教授，位至系主任，於 2010 年榮休。

劉殿爵教授與卜立德教授在香港（1980）

遊，在周教授家中作客，9月才回倫敦。我則如期呈交論文，12月回倫敦，聖誕節後考口試。

口試一開始，卜立德博士就説他沒有問題要問，然後悠閑地吸着煙斗。主席賴寶勤教授説她也沒有問題要問。作為校外考試委員，來自劍橋大學的年輕講師 Dr. David McMullen（麥大維博士，後來的麥大維教授）認真地問了幾個問題，繼而説了些鼓勵的話，口試便完結。主席賴教授於是請我在外面等候消息。

我坐在走廊的沙發椅上，才兩三分鐘，劉教授最活潑的博士生 Christopher Cullen（古克禮）竟然在我面前出現，一見到我就興高采烈地講個不停。他是劍橋大學畢業生，口才好得不得了。不過我覺得他興致太高昂，可能會騷擾房間裏的考官們，所以沒怎樣回應，免得他的興致更高昂，聲音更響亮。他很快就察覺到我神態異常，於是問：「等人？」我説：「對。」「等誰？」「Dr. Whitaker.」就在那時，賴教授開門向我招手，古克禮恍然大悟，嚷道：「原來你在考試，難怪你的表情那麼嚴肅。」然後大笑而去。

我進了房間，考官們一句評語都沒有，只跟我握握手，説一聲恭喜。賴教授便説，她在泉章居訂了一張四人桌子，當天的午飯由她做東。

過了幾天，我要回 Madison 了。古克禮和我一起吃午飯，並且陪我一起去 Gatwick Airport。因為我坐平價「包機」（chartered

At the Needham Institute with Dr. Michael Loewe and Dr. Christopher Cullen, the institute's new Director (2001)

flight），所以不在 Heathrow Airport 上機。分別時，古克禮依舊調皮，他對我說，如果我坐的飛機失事，他就榮幸地成為我最後一個見到我活着的朋友。這大抵也算英式幽默吧。我只能回他一句，我恐怕你沒有這個榮幸。說罷兩人大笑而別。

我在 1976 年暫別周策縱老師，回香港工作。劉教授則應香港中文大學校長馬臨教授的邀請，在 1978 年離開 SOAS 回香港，在中大就任中國語言及文學講座教授。而 SOAS 的中文講座教授一缺就由卜立德博士補上。

劉教授回香港後，我們常見面。在 1979 年春天的一個晚上，劉教授打電話給我，問我有沒有興趣到中大中文系任教。我說有，然後就填寫申請表格，接受面試。同年 8 月，我就到中大展開 20 多年的教學、研究和行政生涯。

過了幾年，劉教授向校方推薦卜立德教授，中大於是聘卜教授為繙譯學講座教授。我們幾個 SOAS 舊人又能夠常常聚首一堂了。 我和劉教授有同系之便，更是差不多每天都見面，見面必論學，使我不斷有所領悟。

劉教授一向不喜歡受行政束縛，所以來中大教書前馬臨校長答應不委他做系主任；但是來了兩年，卻被文學院的教員選為院長。劉教授沒法推辭，只好勉為其難，於 1980 年就任院長，為期 3 年。1988 年，劉教授從中文系退休，中大文化研究所立即給他一個名譽職位和一間大辦公室，逸夫書院則為他提供了一個一千

多平方尺的居所。劉教授終於可以專注學術，不受行政羈軛，每天徒步往來逸夫書院和中國文化研究所，生活十分愜意。

過了千禧，劉教授的精神和體力都大不如前，但仍能留在家裏從事研究和著述。到後來老病相侵，劉教授曾對我說，他最近一提筆就忘卻字詞，所以新寫的文章有很多未填補的洞。他的語氣總是那麼平和，但我聽罷不禁心酸。劉教授在 2010 年 4 月 26 日遐登，年 89，遺願不發喪。我們幾十人只在威爾斯親王醫院舉行簡單的告別儀式，遺體便送往火化。

事後，香港中文大學以學校名義為劉教授舉辦了一個非常隆重和莊嚴的追思會，我奉召回校主持典禮，並且代校方撰寫了一副輓聯：

遐邇傳經，人世通儒，道大故為天所役。
清虛乘化，帝鄉嘉客，名高今與日同懸。

經電子技術放大幾倍之後，輓聯就掛在那高而大的會場之內。

遺體火化後，骨灰被移送到一間佛寺，安放在後山寶塔之內，供我們春秋拜祭。卜立德教授很重情義，雖然從中大退休後已回英國定居，但來港小住時夫婦倆也不忘參加拜祭。尤德爵士夫人每年 3 月都來港參加尤德爵士紀念基金活動。劉教授在世時，她每次來香港，都一定抽空看望劉教授，慰問有加。劉教授仙遊後，尤德夫人也曾和我們一起拾級登山，向寶塔鞠躬，真可

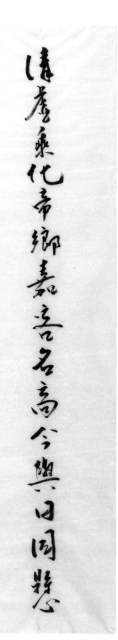

親書輓劉殿爵教授聯（2010）

謂飲水思源。

上世紀 80 年代初，尤德爵士任香港總督，他和夫人每隔幾個月就約劉教授見面。賴寶勤教授每次從英國回香港，尤德夫人如果在香港的話，一定親自往啟德機場接機。我去倫敦就住在賴教授家。賴教授的姊姊賴醫生一直在香港服務，曾獲頒 OBE 勳銜，後來年紀老邁，沒法照顧自己。賴教授於香港回歸後，決定回來陪伴姊姊，待姊姊百年之後才回倫敦。但賴醫生的病拖延很久，而賴教授的健康已逐漸惡化。賴醫生逝世不久，賴教授也與世長辭了。當時是 2003 年，正值「沙士」猖獗的時期，賴教授的親人婉拒我們去靈堂致祭，喪家也只能一切從簡。大家哀傷之餘，都感到十分無奈。

卜立德教授退休後，著述不輟。2014 年他來香港，送了一本他的新作給我，是中文大學出版社出版的 *Real Life in China at the Height of Empire：Revealed by the Ghosts of Ji Xiaolan*；我則報之以一本我的新作——香港商務印書館出版的《周易知行》。

一向從事唐史研究的麥大維教授常來中大訪問，可以說是中大的老朋友。從劍橋大學退休後，麥教授仍然繼續他的研究工作。幾年前，查良鏞先生不甘於只拿榮譽博士學位，於是毅然入劍橋大學做博士生，麥教授以榮休講座教授的身分當上查先生的導師，協助查先生順利取得哲學博士學位。

古克禮教授在香港（2012）

A still frame taken from the video *Lady Youde Talking to Professor Richard M.W. Ho*, produced by the Art Concept Culture Institute in 2016 for the Sir Edward Youde Memorial Fund.

卜立德教授在香港（2017）

劉殿爵教授　跫邐傳經，清虛樂道

卜立德教授的新書 *Tales from the Top*（2017）

頒獎典禮後與尤德爵士夫人步出香港大會堂音樂廳（2017）（在職家庭及學生資助事務處照片）

　　我的同學古克禮取得博士學位後，留校任教歷史，做到高級講師（約等於美國大學的正教授）。90 年代獲聘為劍橋李約瑟研究所（The Needham Research Institute）所長，當時該所的董事局（信託人會）主席是尤德爵士夫人。他當了所長後，我邀請過他來中大做訪問教授。事實上古博士常來香港，而我知道他來一定和他見面敍舊。古博士退休後任劍橋大學名譽教授，並移居法國巴黎，繼續鑽研中國古代的天文學和算學。

充滿童真的漢學大師周策縱教授

離開陌地生回香港工作前與周策縱教授合照（1976）

　　在劉殿爵教授的心目中穩坐漢學界第一把交椅的周策縱教授，竟然是一個毫無架子的書癡，而且充滿童真，喜歡遊戲。他到了威斯康辛大學 Madison 校園教書，就私下為一些地方命名。他叫 Madison 做「陌地生」（負責印刷的往往誤為「陌生地」）；陌地生校園是美國最美麗的校園之一，因為它擁有幾個並非一望無際的天然湖。其中最大的叫 Lake Mendota，他叫它做「夢到她湖」；他住的大宅在 Minton Road，他譯做「民遁路」。細看之下，

周策縱教授與牧羊犬 Jiffy（1973）

「陌地生」和「民遁」都不免泛起一絲絲傷感。他的大宅叫「棄園」，那就難掩主人去國懷鄉之情了，可能湖南人的感情豐富些吧。大宅內掛着一幅周教授非常愛惜的水墨斗方——他在 1958 年畫的一棵白菜，形狀很秀美，他題為「說不出的苦」。

　　周教授於 1948 年離開蔣委員長幕府、離開中國，到美國密西根大學讀碩士和博士，1955 年寫成五四運動研究博士論文，1956 年起在哈佛大學做了 7 年研究員，事業並無起色，的確有說不出的苦。到了 1963 年，他受聘到陌地生校園任訪問講師，1964 年實授副教授，1966 年升任正教授，周教授終於以陌地生為安身立命之所，從此苦盡甘來。才數年，這個優美的陌地生校園竟然成為漢學界的「麥加城」。

我在香港大學讀書時之所以知道周策縱教授其人，是因為歷史系以他用英文寫的《五四運動史》做近代史參考書。1971年5月，羅忼烈老師告訴我，他已經為我的碩士論文找到周教授做校外考試委員。我去圖書館翻閱周教授的著作，才知道他的古學素養甚高。不過聞名不如見面，見面後周教授更令我拜服。

1971年夏天，我呈交了碩士論文，在系內考過筆試和口試，9月便離開香港去SOAS攻讀博士學位，並且不時向名滿天下的漢學家劉殿爵教授問學。那時才知道原來劉教授和周教授是非常要好的朋友，而且劉教授更去威斯康辛大學陌地生校園當過一個學期的客席教師，和周教授日夜論學。往日的情景，由劉教授娓娓道來，令我心馳神往。劉教授還說過，當時的漢學家，論功力，當以周公為第一。

1971年冬天，接到羅忼烈老師的航空郵柬，說周教授的校外考試委員報告收到了，他給予論文很高的評價。羅老師並且建議我立刻寫信給周教授，「結海外文翰因緣」。周老師很快回信，開始了我們其後30多年的師弟情。

初見周教授是在1973年，我當時去美、加看望親友，並且應周教授的邀請，特別造訪陌地生，在周府作客。甫出機場，便見到灰白短髮、精神暢旺、笑容燦爛的周策縱教授。他奪過我其中一件行李，牢牢拿著，便興高采烈地和我往停車場走。到達周府，認識了師母吳南華醫生、他們的大女兒聆蘭、二女兒琴霓、牧羊

狗知非，以及周老師那個馳名漢學界的書房。

周老師的書房可容數十人，不過厚厚的地毯卻被滿地的書掩蓋了。周老師和我談學問談得興起，便要找書作印證。只見他一會兒涉水般從老遠的角落撿起一本書，一會兒又涉水般走到另一個角落撿起一本書，就像玩尋寶遊戲，不過他總記得哪件寶物藏在哪兒。周老師就是這樣在書房裏縱橫書海，確是奇觀。

在陌地生不單是玩樂，也通過周老師認識了不少威斯康辛大學陌地生校園的學者。周老師還安排我作了一個學術聚談，大概談得不錯吧，因為 1974 年夏天突然接到周老師發來倫敦的一封電報，邀請我去陌地生校園教中國文學和哲學。那時我還沒寫完博士論文。

當年年底，我要回倫敦考口試。赴英前夕，系內一位很有才華的年輕助理教授 Dr. William H. Nienhauser, Jr.（倪豪士博士）用打字機在一張 memo 紙的背面寫了一首十二行詩給我，送我「赴京應試」（'Six Rhymes Seeing off a Young Scholar on his Way to the Examination in the Capital'）。為甚麼用十二行詩呢？因為唐代科舉省試詩正是以五言十二句（即「六韻」）排律為常式。我珍而重之，好好收藏。倪豪士教授歷任副教授、正教授，做過多年系主任，現在（2016 年）是陌地生校園東亞系我唯一認識的人。2013 年，我把那張已經變黃的 memo 紙電子掃描了，用電郵傳給他存檔。這一組動作在 1974 年是匪夷所思的。

Six Rhymes Seeing off a Young Scholar on his
Way to the Examination in the
Capital

From the shores of Lake Mendota,
To the streets of London town,
We wish you a safe journey,
And a handsome doctor's gown.
We drink your health departing,
We know you'll find renown,
But one small boon o' grant us,
And we no more will frown:
We've seen you in, we've seen you out,
We've toasted till we drown,
So when you get back here again,
We pray you'll settle down.

倪豪士教授的十二行詩（1974）

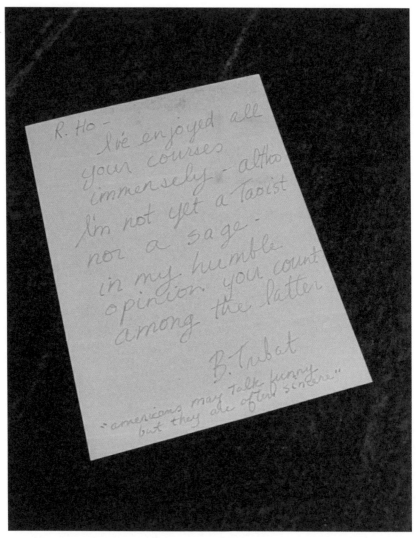

A thank you note from a UW - Madison student (1974)

1975 年 1 月，我從倫敦回到冰天雪地的陌地生，倪豪士教授來接機，但並不是送我回家。他說，他要送我去周公家。他還說，周公今天十分不開心，我究竟做過甚麼令他不開心的事？我說我沒找過周公，能做甚麼事？他說：「那你跟他說個明白好了。」我真的感到大惑不解。周府大宅外一片漆黑，有些陰森。倪教授說，周公舉家外出未回，所以午間把大門鑰匙交給他，我們進去再說。門開了，我戰戰兢兢地跨過門檻，就在那時，屋內雷動的一聲：'Welcome home Richard！'燈全亮了，燈下竟然有 20 張笑臉迎接我。倪教授有一個很會演戲的妹妹，在 80 年代以演員身分拿了一個艾美獎，在 90 年代以導演身分又拿了一個艾美獎，後來還導演了幾套十分賣座的世界級電影。難怪倪教授會演戲。

我於 1976 年回到香港工作。周老師常來香港，偶然會在我家中小住。周師母和兩位女公子也來過香港，我們每次見面都非常開心。

周老師是學術界巨人，卻從不因此自滿。他沒有大師的架子，只有學者的真誠。他對周遭大小事情都感到好奇，想了解，想學習，總之有知識就要吞，一有所得便樂半天。因此，日常瑣事往往沒法兼顧。師母、兩個女兒、同事、朋友和學生都說他糊塗。說多了，他也樂得繼續糊塗，由大家負責提點。

90 年代，周老師以接近 80 高齡從威大榮退，未幾，與師母搬到加利福尼亞州的 Albany 跟兩個女兒比鄰而居。老兩口子本來打

周策縱教授全家福（1975）

算夏秋留在陌地生，冬春留在西岸，後來覺得 Albany 住得舒服，陌地生便少回去。但周老師並沒忘記在陌地生一個十分美麗的墓園買了一塊頗大的墓地。

　　每次打電話給周老師，不論在 Madison 還是 Albany，他一定親自接聽。2006 年秋天，我打電話給周老師，雖然他也親自接聽，也一如以往侃侃而談，但似乎沒太留意我說的話，只是很專心地講他在想的事情。像要使我知道，如果他現在不講，恐怕以後沒機會講。我立刻有一種感覺：周老師老了。2007 年初，我又打電話給周老師，不過接電話的是南華師母。師母說，周老師的辨析能力正急速下降，很少講話。但她補充說：「不過他一定很高興聽你的電話。」然後她向周老師說：「是 Richard。」周老師接過

文匪：
　　明天（星期五）晚上請你　（約六點左右）
一同去 Shaky's 吃 pizza.
Lena 生日；她也請了 Tonia
和 Kathy 等人都去. 我了接
你一道去.
　　　　　　　　　策縱
　　　　　　　　　　礼拜四

周策縱教授的字條 (1975)

文匪：
　　　　晚上
　今天我们请
你一向去 Shaky's
吃 Pizza.
　　Lena 生日，她
的朋友们都
同去. 我们六点左
左来接你.
　　　　　　策縱　星期
　　　　　　　　　五

在威大辦公室（1975）

周策縱教授與劉殿爵教授在香港（1979）

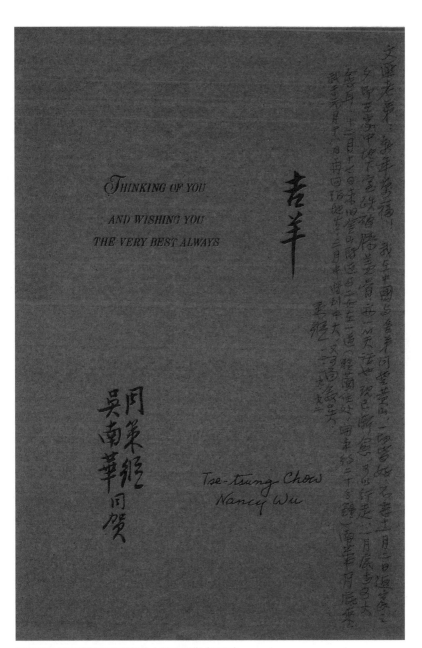

周策縱教授在聖誕及新年賀片中談及腳傷（1992）

電話，首先是熱烈地喚了一聲：「Richard！」然後含糊地說了幾句短話，便寂然無聲了。

接下來的幾個月，我不想打擾師母，轉而和聆蘭、琴霓通電話，得知周老師日常已經不說話，但仍會翻書。這個生活方式維持到他進醫院那一天。2007年5月7日，周老師安詳地離世，享年91歲。

周老師離世後，師母最要處理的是他的一叠叠遺稿。周老師的大弟子之一王潤華教授向我提議編印文集。王潤華教授在新加坡國立大學中文系20多年，做過系主任。以正教授退休後，轉到外地的大學執教，可謂誨人不倦。王教授夫婦倆非常敬重周老師和師母，為周老師的學術論文結集是王教授的素願。我也覺得那時時機成熟，日後大家的熱情冷卻了就恐怕難以成事。

就在那時，周老師的關門弟子之一陳致教授已經親自從美國護送老師遺稿回港。他把塞滿遺稿的大皮箱從他的車尾廂移到我的車尾廂去，待我把大皮箱帶回家後，發覺它早已被遺稿擠破了。想起護送過程如此艱鉅，我對陳教授「弟子服其勞」的精神不禁讚歎再三。陳致教授以前在威大陌地生校園讀博士，我的舊同事倪豪士教授是他的導師，而陳教授還來得及親炙周老師。陳教授非常用功，著作甚多，現在（2016年）是香港浸會大學中文系講座教授、饒宗頤國學院院長和文學院署理院長。我把周老師的遺稿交給香港商務印書館編輯和出版，並且與王潤華教授、陳致

教授組成一個非正式的督導小組。終於，《周策縱文集》上、下兩冊在 2010 年 12 月面世。

周老師生前以毛筆手書了不少自己的詩，以小幅居多。2007年，周師母選了一首去國懷鄉的七絕，打算刻在墓碑的背面。她把小幅交給大女兒聆蘭，叫聆蘭掃描了電郵傳給我看，我說好詩，聆蘭便啟動工作程序。2008 年，我聽說周師母的身體不好，於是打電話去師母家。師母的聲音很弱，說話很慢，語氣卻十分平和，看來心境也十分平和，似乎並沒受到病情困擾。她說兩個女兒常去看她。我向師母報告了編輯《周策縱文集》的進展情況，並承諾我們會做好這件事情，請她放心。後來，周師母的病情惡化，大家都不忍打擾她。2009 年 3 月，周師母也別我們而去。

有一天，接到聆蘭的電郵，說她又要去陌地生一趟。原來民遁路的大宅已經有買家，她要去完成交易。聆蘭姊妹倆在棄園長大，一旦要放棄它，總有些捨不得。她們倆在大宅中見過不知多少慕周策縱教授之名而來的學者，這情景就只能成為回憶的一部分了。周老師才真捨不得為他編織了重重回憶的陌地生，所以他和師母終於都回到陌地生的懷抱。

如果你到那美麗的墓園、那令人忘憂的墓園，你不難找到那塊很大的、赭色的墓碑。別忘了看看刻在碑陰的七絕：

棄園紅葉艷于花，慰我天涯客作家。
可惜一年三季醒，只容秋老醉流霞。

周策縱教授與周夫人吳南華醫生在香港（1997）

周策縱教授在劉殿爵教授家拿着梁鳳儀博士贈送的紀念品留影（2000）

與倪豪士教授及夫人、陳致教授及女公子在香港合照（2013）